TheHappyStoryGarden

Copyright © 2023 Zinaida Kirko. All rights reserved.

No part of this book may be reproduced, stored in a retrieval system, or transmitted in any form or by any means—electronic, mechanical, photocopying, recording, or otherwise—without prior written permission from the author.

Publisher: TheHappyStoryGarden

Distributor: IngramSpark

Автор, иллюстратор - Зинаида Кирко

Редактор - Игорь Кирко

Создание книги, подготовка к публикации
и дизайн - Виктория Харвуд

ISBN 9781917210904

В бескрайних просторах космоса, на самом краю Пояса Ориона, молодой гонщик Джо Ди Майерс не просто сражается за победу в гонках — он борется за спасение своей планеты. Его мастерство за рулем не знает равных, но одной только скорости недостаточно, чтобы предотвратить катастрофу. Безжалостные соперники, коварный саботаж и скрытые заговоры угрожают разрушить его мир еще до финишной черты. Чтобы изменить судьбу, Джо должен превзойти себя и выйти за пределы возможного. Сможет ли он защитить будущее своей планеты, несмотря на все преграды?

Узнайте в этом захватывающем научно-фантастическом романе, который увлечет читателей всех возрастов.

Вперед, Джо!

Книга 1

Зинаида Кирко

Содержание

Глава 1. Монстр
Глава 2. Месячный заезд
Глава 3. Плохой день
Глава 4. Стоит попробовать
Глава 5. Шанс
Глава 6. Кто такой Джо Ди Маерс?
Глава 7. Момент Славы
Глава 8. Тот самый птице-ящер
Глава 9. Таверна «Бешенный кретраг»
Глава 10. Красота Вселенной
Глава 11. Тренер
Глава 12. Гусеница
Глава 13. Шифтер
Глава 14. Друзья Звёздного Барона
Глава 15. Враги Вселенной
Глава 16. Поправка 7712
Глава 17. Финальный Заезд

Глава 1

Монстр

Мотор кряхтел и кашлял как старик и, казалось, каждый его вздох будет последним. Но Джо был в восторге. Он переключил рычаг и со всей силы выжал педаль газа. Собранная из старых деталей машина вздрогнула и задрожала, издавая пугающий рев. Джо тряхнул светло-каштановыми кудрями и засмеялся.

- Седьмая Звезда! Вот это монстр! Так и назову её!

- Я её всю неделю подлатывал, - несмотря на хромую ногу, Айк чуть ли не прыгал от радости, видя его реакцию.

Как бы там ни было, дело ведь было не в деньгах. Джо тратил на его изобретения всё, что зарабатывал и Айк, можно сказать, работал только на него, но опять же – это было ради другого, ради страсти к гонкам, которую они разделяли. В свои шестнадцать Джо добился большего успеха, чем почти любой предыдущий чемпион вдвое старше него.

- Сколько еще до гонок?

Айк посмотрел на часы.

- Тридцать четыре минуты.

Джо нажал на браслет на своей руке. Перед ним в воздухе появился экран с лицами гонщиков.

- Рам, Кортон, Дьюи и Вирта… раз плюнуть, - он усмехнулся, - сегодня точно приду первым.

- Желательно, - замялся Айк, - ты мне много задолжал… а цены растут не по дням, а по часам. Следующий «монстр» будет чуть ли не вдвое дороже.

Но Джо только махнул рукой. Раздался скрип резины и клубы пыли затмили собой всё вокруг, а Джо и его монстр уже скрылись за горизонтом.

К Айку на цыпочках засеменил его пугливый ассистент механик Нои. Он был ужасно худощав и вдвое ниже любого из людей, а всё потому, что он был с другой планеты, но этого почти никто не знал. Джо вызывал у него чувство подобострастного страха, поэтому он избегал с ним встреч как только мог. Но, когда его не было, Нои только и говорил о том, как подкручивал гайки в машинах гонщика. Он вытянул шею, вглядываясь в клубы пыли.

- Как думаешь, он выиграет и на этот раз?

- Я поставил на него всё, - усмехнулся Айк вправляя хромую ногу в костыль, - надеюсь это покроет хоть часть долгов. Так или иначе он проигрывает только когда не участвует.

Нои испуганно вертел головой из стороны в сторону, будто Джо мог появиться ниоткуда в любую минуту.

- Нои думает, у него великое будущее… великое!

- Нет у него никакого будущего, - отмахнулся Айк.

Пришелец вытаращил на него глаза, которые готовы были вылезти из орбит.

- Говорят, он копит все выигрышные, чтобы уехать с планеты.

 - Никуда он не уедет! Все выигрышные он отдает мне. Не пойми неправильно, я его, конечно, люблю… как сына, но я знаю его с детства. Он недоумок, понимаешь, да еще и считает себя одним из гуртов и гордится этим.

Гурты были низшим сословием планеты Мельгеры. Они не учились и не работали, ютились в маленьких грязных домишках в худших кварталах и занимались чем хотели. Но зато у них была философия, которой они гордились. Заключалась она в том, что они презирали все правила и порядки. Они называли это свободой.

Айк достал флягу и глотнул, а затем поморщился.

- Здесь одна пыль! На этой планете не осталось воды!

- Возьми мою, - Нои протянул ему маленький мешок.

- Не хочу, лучше умру, чем пить эту грязь!

Айк выплюнул всё, что было у него во рту.

- Скорее, на гонки опоздаем.

Хромая он двинулся к выходу, а Нои продолжал всматриваться в горизонт, пока пыль не исчезла и вид на пустынную степь не стал чистым.

Глава 2
Месячный заезд

◉

Стадион «Звездный Заезд» с открытой площадкой и гоночной дорогой был полон гуртов, которые стояли, сидели и даже свисали головой вниз на проржавевших стенах и столбах открытого барака.

- Джо! Джо! Джо! – скандировали они, - Ди! Ди! Ди! Маааааааерс! – и опять и снова.

Остальные гонщики протирали свои машины с недовольными лицами. Они невольно вздрагивали и оборачивались, когда изредка кто-то выкрикивал имя Вирты, Корта или Дьюи. Рам был новичком – на него даже никто не смотрел.

- Бестолковый оран, - лицо Вирты скривилось от презрения, когда монстр с ревом вылетел на площадку - почему его вообще допускают на гонки?

- Только поэтому, - Дьюи указал на ревущую толпу.

Оранами гурты называли всех тех, кто был более высшего сословия. Джо, можно считать, был одним из них, хотя и вышел из гуртов.

Он вылез из машины, тряхнул кудрями и окинул всех присутствующих своими ясными голубыми глазами.

Стадион взревел.

- Джооооо! Джооооо! Джооооо! – и снова, - Ди! Ди! Ди! Мааааааааерс!!!

Хромая Айк подошел к нему и открыл крышку капота.

- Зря ты её изматываешь перед заездом.

- Да брось, я её просто разогрел.

Джо улыбнулся своей мальчишеской улыбкой, помахал стадиону и уселся обратно. Затем нажал на кнопку на браслете. Рядом с его смеющимся лицом крутились цифры. Пять тысяч подписчиков! Это было на тысячу больше, чем в прошлом заезде.

Но Джо знал, что должен был думать не об этом. Он вздохнул и снова нажал на браслет. Перед ним возник экран. На нем было несколько людей в невзрачных серых костюмах. Это было выступление Министерства Межпланетных Отношений. Джо знал, что если не посмотрит его, то мать точно оторвет ему голову, потому что среди выступающих был один высокий и тощий с особо унылым лицом. Это был его старший брат Улит.

Именно благодаря Улиту семья Джо из гуртов перешла в сословие оранов. Улит долго учился и сделал карьеру, а затем получил пост посла в Министерстве Межпланетных Отношений. Но из-за этого Джо было стыдно. Он гордился тем, что был гуртом, гордился их свободой, анархией, и тем, что к черту можно было послать абсолютно всё, а Улит всё это портил.

- Водяные ресурсы Мельгеры истощаются и финансирование, которое требуется для проведения необходимых работ, получить можно только от межпланетного комитета Ориона, но как вы все знаете, нас туда даже не допускают и... - монотонно бубнил Улит.

- Седьмая Звезда, почему это всегда так нудно?!

Джо выключил экран и достал баночку с маслом.

- Что на экранах опять твой братец? – усмехнулся Айк, подкручивая гайки.

- Унылый, как и вся эта планета, - Джо покачал головой, смочил тряпочку маслом и протер татуировку на своей руке.

Это был крылатый птице-ящер с открытой пастью - символ сообщества гуртов.

- Ничего, скоро ты уедешь с этой планеты, как и мечтал, - подмигнул ему Айк, - не знаю, сколько ты там накопил, но мне ты задолжал порядком.

Джо посмотрел на татуировку. Она была как новенькая.

- Обещаю, всё, что сегодня выиграю отдам тебе.

Айк кивнул, но услышать, что он ответил было невозможно, потому что стадион оглушил звук громкоговорителя.

- Приветствуем, приветствуем, приветствуем! Всех присутствующих на нашем месячном заезде! И сегодня приз – двенадцать тысяч кхарт! Надеюсь, вы все уже сделали свои ставки, потому что на стадионе перед вами сегодня, готовые разорвать гоночный горизонт... - и диктор перечислял имена гонщиков. Однако все они утопали в одном продолжительном оре:

- Джооооо! Джооооо! Джооооо! Ди! Ди! Ди! Мааааааааерс!!!

Джо вышел и со сладкой улыбкой помахал всем присутствующим, а затем стал указывать пальцем в толпу, кивая головой, будто знал каждого из них лично. Он повернулся к гонщикам и его взгляд остановился на Вирте. Она шептала что-то на ухо своей сестре, глядя на него в упор. Но, встретившись с ним взглядом, кисло улыбнулась и отвернувшись, села в машину, а сестра засеменила к площадке зрителей.

- Пять... четыре... три...

Джо сел в машину, натянул на голову очки и завел мотор.

- Два... Одииин!!!

Машины сорвались с места, поднимая клубы пыли. Из толпы на дорогу выбежал Нои.

- Вперед Джо! Вперед! – кричал он, махая руками гонщику вслед.

Но зрители уже смотрели на огромный экран, появившийся перед ними в воздухе. А на нем вперед через пустынную холмистую местность неслись вперед пять гоночных машин, первым из которых, конечно, был монстр.

Глава 3

Плохой день

◉

День, казалось, был особенно жарким. Внутри кабины всё накалилось и Джо с усилием вдыхал горячий воздух. Одной рукой он достал флягу, глотнул и чуть не поперхнулся от пыли. Но к этому вкусу он привык. Еще с детства он казался ему приятным несмотря на то, что с годами пыли становилось всё больше, а воды меньше.

Джо посмотрел в боковое зеркало. Рам остался далеко позади, а вот Дьюи и Вирта отставали совсем ненамного. Интересно, где же Корт. Хотя волноваться нечего - он точно позади.

Гонщик поднажал на газ и мотор грозно выругался в ответ. Впереди на голубом небе проступали звезды. В этой части Мельгеры они были видны даже при свете дня. Казалось, Джо несся прямо к ним.

«Там, где горизонта нет и не видно дна …светит ясно и ярко Седьмая Звезда» - он напевал эту песенку всегда, когда испытывал напряжение. Но в этот раз волноваться было не о чем. Справа выросли холмы, слева высохшая роща. Кажется, когда-то давно, он еще помнил, она зеленела.

«Интересно? – подумал он, - а почему звезда Седьмая? Кто может посчитать звёзды?»

Но долго ему думать не пришлось. Внезапно сбоку появилась Вирта на ржавом кривом автомобиле и ударила его со всей силы. Джо поднажал на газ и, улучив момент, ударил её сильнее. Да, мотор, конечно, у неё неслабый, но знала бы она, чем напичкал его драндулет старый добрый Айк. Джо рассмеялся, глядя в боковое зеркало на то, как она пытается развернуть заглохнувшую машину.

Неподалеку показался Дьюи. Куда это он? Джо знал гоночный ландшафт отлично. Там неподалеку была болотистая местность. Надо зажать его в узкий перешеек, хотя это задержит и его самого ненадолго. Он так и сделал и вот уже через несколько секунд Дьюи влетел в болото.

За это время его нагнал Корт, но Джо легко обогнал его. Машина Корта была почти новая, от производителя. Но производители ничего не смыслят в механике гоночных авто. Поэтому Джо легко обогнал его, просто выжав педаль газа так сильно как только мог.

«Бедный Рам, - подумал он, выезжая на финишную полосу - возможно даже до пятого места не дотянет».

Но в этот момент… прямо на дорогу выбежала… что это? Перед Джо промелькнуло и замерло маленькое животное. «Песчаная суриката?» - пронеслось в его мозгу, когда он по инерции со всей силы нажал на педаль и повернул руль.

Машина подпрыгнула, сделала сальто и упала на бок. Джо вылез так быстро, как только смог и отбежал в сторону. Бедный старый драндулет взорвался на месте и заполыхал огнем. Где-то вдалеке мелькнуло лицо сестры Вирты. А прямо перед глазами гонщика финишировал Корт.

- Беги, Джо, беги! – услышал он чей-то голос.

Кто это? Это был Нои. Он верещал так громко как только мог. И Джо побежал что было сил. В два счета он добрался до финишной черты, где ему на шею повесили ленту с номером «2».

Стадион разочарованно гудел. Корт с гордостью вылез из машины, размахивая руками. Но никто не праздновал его победу. Все шумели и орали, то и дело со злостью выкрикивая имя Джо.

Гонщик оглянулся назад – старый драндулет полыхал. Но тому, что он остался жив, казалось, никто рад не был. Даже Айк только лишь сжал губы и хлопнул его по плечу.

- Второе место — это ведь не так плохо, - недоуменно произнес Джо, когда они вошли в раздевалку.

- Да, - ответил Айк, - но ты хоть понимаешь, сколько денег они на тебя поставили? Сколько я на тебя поставил? А теперь ты еще и потерял машину…

- Но зачем было ставить только на меня, если… ?

- Если ты выигрывал последние восемь раз подряд?!

Все знали, что девятая победа сравняла бы его с рекордом Тото Графа, который выиграл девять раз подряд. Айк был зол и пинал всё на своем пути. Нои семенил за ними сзади. В раздевалку зашел Дьюи. Он был вымазан грязью, но светился от счастья.

- Каково это быть номером два?

- Не так плохо, как быть номером четыре, - пожал плечами гонщик.

Нои засмеялся, как будто это была самая смешная шутка на свете.

- Замолчи, глупая башка, или я тебя уволю, – крикнул Айк.

- Послушай, Айк, - сказал Джо, - если бы не эта суриката…

- Говорят песчаные сурикаты это древний символ Мельгеры, - снова вставил Нои.

- Ты что какой-нибудь оран? Или где ты этого начитался? – Айк навис над Нои так, что тот присел.

- Айк, я всё верну, - Джо, оттолкнул его от механика, - в следующей гонке мы снова выиграем, и я обещаю – верну Всё!

- Всё? – процедил сквозь зубы Айк, - Я поставил на тебя Всё! И проиграл Всё! Дело даже не в деньгах…. – он покачал головой, - я думал… мы все думали, что ты… легенда!

Он развернулся, с презрением окинул взглядом хохочущего Дьюи и вышел, едва не сбив с ног вошедшего Рама.

Джо вздохнул, глядя ему вслед.

- А я думаю, ты был на высоте, - сказал Нои, пятясь назад, - там возле болота… такой классический маневр. А девчонку ты сразу выбил из игры.

Но Джо его не слушал. Он вышел из раздевалки и помчался в сторону дома. Гурты расступались перед ним, давая дорогу.

- Как ты мог, Джо? Кто заплатит тебе чтобы ты проиграл? Мы всё на тебя поставили! Джо, ты предатель! – слабо выкрикивали ему вслед.

Но это было лучше, чем молчаливые взгляды большинства. Джо шел долго, ведь машину он разбил, а на новую накопить ему уже вряд ли удастся. Неужели это был конец его гоночной карьеры?

Через час он выбрался из кварталов гуртов и попал в более чистый район оранов. Еще час и он будет дома. На улице темнело. Он добрался до холма и оглянулся вниз. Там, куда с гор наползали тучи, горели огни Нижнего города гуртов. Там был его дом, а не здесь. Но, увы, он их подвел, он их предал. Они больше никогда не будут скандировать его имя и теперь он был в изгнании.

Глава 4
Стоит попробовать

◉

Джо вышел на широкую улицу, по бокам которой тянулись богатые дома оранов. Он остановился и огляделся вокруг, а затем, убедившись, что его никто не видит, натянул на татуировку с птице-ящером рукав. В эти моменты он себя ненавидел, но такова была цена жизни в двух мирах.

Дойдя до одного из самых богатых домов в округе, он подошел и заглянул в окно. Его мать Шейла накрывала на стол, за которым сидел Улит и непривычно бурно жестикулируя, рассказывал ей что-то.

Так тихо, как только мог, Джо открыл дверь и на цыпочках прошмыгнул в прихожую. Если он будет осторожен, ему удастся пройти мимо них незамеченным. Он сделал два шага.

- Джо! – раздался строгий голос из кухни.

Гонщик вздохнул и, развернувшись, направился в сторону звука.

В обеденном зале было чисто и уютно. Он почувствовал, что был покрыт пылью с головы до ног.

- Джо, - Шейла смягчила свой голос и пригласила его присесть.

Улит поправил очки и улыбнулся. Но гонщик развалился на стуле и закинул ногу на ногу. Он знал, что сейчас начнется.

- Ты видел выступление Улита?

- Конечно.

- И ты ничего не хочешь сказать по этому поводу?

Этот вопрос застал Джо врасплох, и он подумал, что нужно было лучше подготовиться. Он пожал плечами, избегая взгляда матери.

- Неужели ты не нашел его… шокирующим? – произнес Улит.

Они с Шейлой переглянулись и Джо кожей почувствовал их осуждение и непонимание и то, что он, как всегда, был не в своей тарелке.

- Смотрите, - начал он примирительно, - я посмотрел. И… я думаю я был шокирован. Но только тем, что это было так скучно, – он захохотал, - это было занудно. Занудно и скучно на десять баллов, как и всегда! – он развел руками и захлопал в ладоши.

Улит побледнел.

- Вода уходит, - сказал он кратко.

- Так было всегда, - бросил Джо, - сколько я себя помню! Вы все… - он указал рукой вокруг, - только усугубляете положение вещей, нагнетая страхи. Гурты не верят в это, - он замотал головой, - просто не верят и всё! Это миф.

- Гурты? – Шейла швырнула тарелку на стол, - всё, что мы имеем, это тоже благодаря гуртам? Если бы не Улит ты бы продолжал есть пыль в их проржавевших бараках!

- Не надо, пожалуйста, не надо, - стал успокаивать её Улит.

- Убирайся, – процедила сквозь зубы мама.

Джо, казалось, только этого и ждал. Он весело вскочил с места и вприпрыжку выбежал из зала. Затем добрался до своей комнаты на верхнем этаже, включил свет и захлопнул дверь.

Это была довольно просторная комната с большой кроватью, тренажером в углу и стендом, уставленным гоночными моделями Межзвездного Мега Заезда. Всё это были подарки Улита. Стены были увешаны плакатами с лицами гонщиков и лучшими моментами гонок. Мега Заезд транслировали по их телевидению, но Мельгера была слишком маленькой планетой, чтобы когда-либо участвовать в нем. С их недоразвитыми технологиями сама мысль об этом была бы просто смешной.

Джо подошел к видео плакату гонщиков прошлого года. Луди Стар, Колтон Прауд и Стивелла Лу заняли три первых места. А награждала их Элира Брайт, дочь президента межзвездного гоночного комитета. Как же ему нравилось её лицо. Такое спокойное и одухотворенное. Он мог часами на нее смотреть. Она улыбалась, протягивая Луди Стару медаль. Джо нажал на кнопку и ввел код во всплывшем окне. Теперь Элира награждала его, а не Луди. Он засмеялся.

Позади раздался осторожный стук и дверь отворилась. Это был Улит. Джо вздохнул и разлегся на диване, закинув ногу на ногу.

- Что она сказала? – с беззаботной улыбкой спросил Джо, - что я пустое место?

Улит кивнул и, попытался улыбнуться.

- Что я позорю семью и иду в никуда?

Улит снова кивнул.

- И… о постой… , - Джо дотронулся до своих висков, - я должен отправиться обратно в проржавевшие бараки? – он захохотал.

- Но ты ведь не можешь, верно? – кратко бросил Улит.

Улыбка сползла с лица Джо. И откуда его брат всегда всё о нем знал?

- Это всего лишь один заезд, - отмахнулся гонщик.

Улит сел на край кровати и по-отечески тепло улыбнулся.

Джо почувствовал, как комок подступает к его горлу и все напряжение дня готово вырваться наружу. Как бы там ни было, это было обидно. Если бы не суриката…

- В моем сегодняшнем выступлении, - прервал его мысли Улит, - я говорил о том, что нам требуется мощное финансирование Межзвездного комитета Ориона, чтобы хоть как-то исправить положение вещей.

- Да… да, но в комитет нас даже не пропускают, - бросил Джо надувшись и, скрестив руки на груди.

- Не допускали! Но я добился, - с гордостью сказал Улит,- чтобы они выслушали нас. Так я и сказал в сегодняшнем выступлении. Если бы ты дослушал.

Глаза Джо засветились.

- Ого! Ты только погляди! Мой большой брат совершает большие дела!

Он был искренне рад за него.

Улит слегка покраснел и поправил очки.

- Конечно неизвестно, что они скажут, - затараторил он, - но только представь! Только представь первый раз в истории, они выделяют нам двадцать семь минут на официальный запрос о финансировании.

- И как тебе это удалось?

Улит воодушевился.

- Рассказывать долго, но в общем суть в том, что в Орионе четыре округа, верно? Мальдоран, Гратея, Дормарт и Х2. Я доказал, что Мельгера входит в состав Округа Западного Ориона Мальдоран, понимаешь? Это упоминалось в Хрониках 17149-го года в 7754 статье. О том, что она была на его картах. А значит, мы его часть. Ведь так?

Джо кивнул.

- А значит они должны выслушать нас и…, - Улит запнулся, когда увидел, что его брат зевает, - Тебе это неинтересно, да?

- Конечно интересно, - заверил его Джо, - просто мне плевать на эту планету. Плевать и всё. И вообще на всё плевать!

Лицо Улита замерло, будто его ударили в лоб. Мгновение он раздумывал.

- Вода уходит, - снова сказал он, вставая, - её осталось на полгода-год не больше. И если завтра я не получу финансирование…

Джо кивнул, уставившись в одну точку. Улит вздохнул.

- Мать сказала, что выгонит тебя завтра, если ты не запишешься на водоочистительные работы.

Джо снова кивнул, а его брат направился к выходу.

- Улит, - окликнул его Джо.

Он повернулся.

- Это не твоя вина, что я такой как есть. Не бери на себя слишком много. Только спасение планеты, не больше. Хорошо?

Улит растянул губы в тонкую полоску.

- Есть вещи, которые тебе стоит попробовать.

- Например? – усмехнулся Джо.

- Например, жить и мыслить, как ораны.

Улит снова по-отечески улыбнулся и осторожно закрыл за собой дверь.

Глава 5

Шанс

◉

- Сегодня впервые за последние семьдесят четыре года Межзвездный Комитет открыл портал делегации, возглавляемой Улитом Ди Маерсом, чтобы обсудить проблему воды на Мельгере и потребовать то, что цитирую министра межпланетных отношений «уже давно принадлежит нам».

Звук утренних новостей на возникшем над кроватью экраном был слишком громким. Джо открыл глаза и натянул подушку себе на голову.

- В этот самый момент решается судьба нашей планеты...

Джо дотянулся до экрана и отключил звук, но в этот момент его взгляд столкнулся со взглядом матери, стоявшей над ним. Он застонал и отвернулся.

- Поднимайся сейчас же, - сказала она, стаскивая с него одеяло, - с этого дня ты будешь платить за жилье заработком с водоочистительных робот!

Джо скатился с постели на пол и полез под кровать. Но мать стала хватать гоночные машинки со стенда и кидать в него. Он выскочил, стараясь поймать их на лету.

- Что ты делаешь?! – заорал он, - они же стоят целое состояние!

- Этот мусор никому не нужен кроме тебя.

И скинув еще десяток машинок на пол она вышла из комнаты.

Джо был зол как никогда. Он натянул на себя рубашку с длинными рукавами и выбежал из дома.

С площадки на окраине виднелся Нижний Город. Джо знал, что возвращаться туда было нельзя, по крайней мере не сейчас, не так рано. Они еще не успели забыть его поражение. Что если хоть раз в жизни последовать совету Улита, подумал он, и попробовать жить как ораны.

Джо раздумывал несколько мгновений, но затем нехотя повернул к Верхнему городу. Он направился туда, где были водопроводы и очистительные бассейны. Там брали на работу всех, кто не мог найти себе места в жизни, ведь не всем повезло с таким братом, как у него. Им давали работу, но платили мало.

Джо приблизился к высокому квадратному зданию и вошел внутрь сквозь двери, заезжающие в потолок. Около стены виднелась регистратура, возле которой выстроилась очередь.

Он осмотрел её. Двое ребят его возраста и три старика. Гонщик усмехнулся и бросил взгляд на выход, но двери уже спустились с потолка вниз.

За стойкой, в маленьком окошке сидела молодая девушка и быстро печатала информацию о новоприбывших на клавиатуре. Её выкрашенные выцветшие волосы были затянуты в наскоро собранный пучок, а на ногтях кое-где виднелся почти слезший оранжевый лак. Она жевала жвачку и то и дело зевала, прикрываясь анкетами своих клиентов.

Когда её взгляд остановился на Джо, она хохотнула. Молодой человек уперся на стойку и мечтательно улыбнулся.

- Руку, - стараясь звучать строго сказала девушка.

- Это обязательно?

Девушка хихикнула, закручивая локон волос.

- Не покажешь руку не зарегистрирую.

Джо медленно поднял рукав, с гордостью обнажая татуировку птице-ящера и усмехнулся.

- Гурт? – скривилась девушка, - у нас их сегодня слишком много.

Она покачала головой, возвращая ему анкету и разводя руками.

- Квота.

Но Джо впихнул анкету обратно ей в руки.

- Ты знаешь, кто мой брат? – спросил он, сладко улыбаясь.

- Кто? – девушка нахмурилась.

- Улит Ди Маерс, - отчеканивая каждый звук протянул гонщик.

Девушка задумалась на мгновение, а затем застучала по клавиатуре.

- Постой… это тот, который сегодня отправился в Межпланетный комитет Ориона?

- Он самый.

Девушка снова недоверчиво уставилась на экран, а затем на гонщика.

Джо кивнул.

- Ладно, ладно, надевай это, - она кинула ему мешок с формой, - и отправляйся в комнату 503 слева.

Джо подмигнул ей, и она снова захихикала.

Чистая вода пахла не очень, но грязная… ужасно. Им специально выдавали прищепки на нос. Что и говорить, там невозможно было выдержать и нескольких минут, не то, что смену в двенадцать часов. Но уйти сразу было бы всё равно, что назваться слабаком, поэтому Джо держался.

Час, два, три. На десятом он считал минуты. Но внезапно его терпение лопнуло. «К черту всё это», - подумал он и стянул с себя промокшую насквозь форму.

Он подошел к регистратуре.

- Не дотянул всего пару часиков, - протянула девушка разочарованно, - бедняжка. Оплата только по завершению смены.

Джо уставился на неё в упор с осуждением.

- Твой братец тебе в этом не поможет, - сказала она и захлопнуло окошко перед его носом.

- Ну и ладно, - всплеснул руками гонщик, - к черту вас всех! Всех оранов! Не очень-то и хотелось!

Он орал так громко, что здание отвечало ему эхом.

Джо вышел из здания и провел остаток дня блуждая по улицам. Но когда стемнело, он без лишних раздумий направился к Нижнему городу.

Уже приближаясь к нему, он почувствовал облегчение. Там был его мир и жизнь, которая была ему по вкусу. Только бы Айк согласился дать ему взаймы на хоть какой-нибудь драндулет. Лишь бы были колеса, а дальше он знает свое дело.

На входе он закатал рукав и поймал на себе взгляды двух мужчин, стоящих в стороне. Они курили, наблюдая за ним.

Дом Айка находился на отшибе и идти до него было недолго. Обогнув несколько бараков, Джо остановился возле небольшого коттеджа. Он нахмурился, увидев табличку «Продается» и постучал.

Раздались шаркающие шаги старика, и он появился на пороге. Но только Джо хотел войти, как Айк преградил ему дорогу. Он попытался закрыть дверь, но Джо поставил ногу.

- Да ладно тебе, Айк, - разочарованно произнес гонщик, - мы повздорили, но ты сам знаешь, что я тебе нужен.

- Больше не нужен, - покачал головой Айк, - у меня уже десяток клиентов таких как ты. В потенциале, конечно. Но я поставлю на любого из них, лишь бы не на тебя, номер Два.

- Мы оба знаем, что я номер Один, - обиженно произнес Джо.

- Есть кое-что, что ты должен понять, малыш... о себе самом, - сказал Айк, подбирая слова, - то, что я понял о тебе.

- И что же это? – раздраженно спросил гонщик.

- В крупных делах... в самом главном ты всегда будешь номером два. Как бы ни старался. Не потому, что ты плохой гонщик или плохой паренек... не поэтому. Просто в тебе нет... того, что требуется... чтобы быть первым.

- Что за чушь!

- У меня чутье на такие вещи. Возможно это удача или промысел... но тебе не стать легендой.

Айк резко оттолкнул его ногу палкой и захлопнул дверь перед его носом.

Джо всплеснул руками. Куда он теперь пойдет? Денег у него не было. И если даже Айк от него отказался, ни один механик больше точно не захочет иметь с ним дело.

Он вышел на пыльную дорогу. Вверху горели огни Верхнего города. Но там его тоже не ждали.

- Что случилось, Джо? Не знаешь куда податься?

Те двое, что наблюдали за ним, подходили всё ближе.

- Думаешь, что, закатав рукав, можешь менять свою принадлежность?

- Я вас знаю?

Джо отступил на шаг.

- Ты нас нет, но тебя знают все.

- Ладно, ладно, - Джо поднял руки, отступая назад, - я вас понял. Вы неудачно сделали ставки.

- Неудачно это точно. Но есть еще кое-что.

Один из них схватил Джо за шиворот.

- Даже не могу представить, что, - выдохнул гонщик.

- Кто заплатил тебе, чтобы ты проиграл?

- Никто! Клянусь, никто! – Джо пытался вырваться из его хватки.

- Оставь его, - сказал второй, - всё-таки когда-то он был нашим героем.

Мужчина оттолкнул его, и молодой человек упал на землю.

- Джо Ди Маерс, - с презрением произнес он, - ты не гурт. Ты не достоин этого.

Он плюнул и отвернулся.

Джо вздохнул с облегчением глядя, как они отдаляются от него. Почему они все думают, что он проиграл специально?! Хотя у него было достаточно врагов, которые могли распространять эти слухи.

На его браслете зазвенели сообщения о появлении новостей и Джо вспомнил, что совсем забыл про брата. Он нажал на кнопку и в воздухе перед ним возник экран. Это была конференция с вернувшейся делегацией.

Улит выглядел еще более бледным и расстроенным, чем обычно.

- Нам отказали в финансировании, - коротко сказал он и вышел из зала.

Джо покачал головой.

- Хотя бы не я один сегодня чувствую себя неудачником.

Он поднялся и направился домой, потому что больше идти ему было некуда.

В обеденном зале, как всегда по вечерам, горел свет. Улит и Шейла ужинали в тишине. Сегодня Джо сам решил туда зайти. У него в голове возникла идея и она казалась ему потрясающей.

- Улит, мама, - сказал он, расплывшись в улыбке и присел за стол.

Шейла была настолько расстроена, что даже не посмотрела в его сторону. Но Улит, хоть и грустно, но улыбнулся ему, как и всегда.

- Воды не будет, - весело сказал Джо, - ведь так?

Мама подняла на него грозный взгляд.

- Это предмет для радости?

- Это предмет для того, чтобы свалить с этой планеты!

Его глаза горели будто он сказал что-то что могло решить все их проблемы. Но Шейла, казалось, не могла поверить в то, что он сказал.

- Воды не будет - это значит, что всей планете придет конец!

- Ну и к черту! – сказал Джо, - кому она нужна?

- Ну и к черту?! Миллиарды жизней?!

- Да, к черту их все и всё! Почему нам просто не свалить отсюда?!

Они спорили на повышенных тонах пока не начали кричать друг на друга.

Улит поднял руки вверх, и они замолчали. Он осторожно вытер рот салфеткой.

- Межпланетный Комитет Ориона находится на искусственной планете Агарне, - спокойно сказал он.

- Вау! - притворно восторженно произнес Джо, будто этого не знал.

- А само здание комитета огромно как город. Там миллионы входов и выходов, комнат и залов. Нам дали двадцать семь минут на доклад, но мы провели там двенадцать часов ожидая своей очереди.

- И?

- Я обошел много залов, куда доступ разрешен только планетам сообществ, содружеств и коллегий. Но не нам.

Джо вздохнул. Всё, что рассказывал Улит всегда казалось ему таким нудным.

Улит как будто специально взял вилку и стал насаживать на неё горошину. Это длилось довольно долго, но ему, наконец, удалось.

- Там был один зал, - сказал он.

- Зал унылых историй? – не выдержал Джо.

- Зал лотереи Мега Заезда.

- Какое это имеет значение сейчас? – возмутилась Шейла.

Но в один момент внимание Джо собралось воедино и стало кристально чистым.

Участников Мега Заезда выбирали двумя способами. Всего их было сто. Набор первой половины - пятидесяти «профессионалов» - проходил на конкурентной основе и включал профессиональных гонщиков, которые добились значительных успехов во вселенной.

Вторая половина, которых называли «счастливчики», отбиралась при помощи лотереи и в ней могли участвовать абсолютно все, хотя конкурс был невероятно велик.

Всё это проходило в Межзвездном Комитете на планете Агарна, где и проводились гонки, как и многие другие мероприятия Ориона.

- И что? - с нетерпением спросил Джо.

- Я вписал туда твое имя, - просто сказал Улит и съел горошину с вилки.

В сознании гонщика наступила ментальная пауза.

- Ха! Ха-ха! – Джо взъерошил свои кудрявые волосы, а потом замер и очнулся, когда Шейла рассмеялась веселым, почти детским смехом, которого он от неё не слышал уже давно. Но вскоре Джо присоединился к ней, а за ним и Улит.

- Вписать имя может любой посетитель Межзвездного Комитета Ориона, представляете? – сказал Улит, - Поэтому попасть туда практически невозможно.

Джо встал и начал ходить вокруг стола кругами.

- Я участвую в лотерее Мега Заезда! Седьмая Звезда! Улит, это лучший из твоих подарков.

Он застучал по столу, а они продолжали смеяться.

- Я участвую в Межзвездной ло-те-ре-е! Конечно, участников обычно около миллиона, да и выбирают только пятьдесят счастливчиков. Шансов можно сказать ноль. Но, седьмая звезда, это же так круто!

Джо прыгал и светился от счастья.

- Это лучший день в моей жизни!

- Нееееееет, - протянул Улит, - это наш шанс.

Джо нахмурился.

- Шанс?

- Если тебя выберут и, если ты выиграешь… денег хватит, чтобы профинансировать водоснабжение для десяти таких планет как наша.

- Ааа,- протянул Джо.

В его голове пронеслась цепочка событий и возможное будущее.

- Ты думал я сделал это ради тебя? - Улит хитро улыбнулся.

- Что ж, - Джо встал, - как бы там ни было шансы нулевые. Даже если я выиграю лотерею, твой комитет не допустит меня к участию по тем же причинам, по которым они отказали в финансировании. И даже если они меня утвердят, я не смогу выиграть гонки, это нонсенс. Но, Улит, спасибо! Ты лучший!

Джо подмигнул ему, встал и, насвистывая любимую песенку, отправился в свою комнату.

Он долго лежал в постели и не мог уснуть, раздумывая о том, что все прекрасные вещи так недостижимы. Он смотрел через окно на ночное небо, на котором так ярко светили звезды, а затем протянул руку к одной из них. Но увы она была так далека.

«Нет, это невозможно» - подумал Джо.

Они ведь были на Мальгере, маленькой невзрачной планете периферии, которая находилась на самом отшибе Ориона. Удача не приходит в такие захолустья. Их удел лишь мечты о недостижимом.

В какой-то момент он даже понял брата и его безнадежную борьбу за планету, которой уже, как ему казалось, не поможешь ничем.

Он долго продолжал смотреть на звезды. Они светили ярко и совсем не видели его, но призрачные луны гуляли по небу и будто специально светили ему в окно, не давая уснуть.

«Нет, это невозможно» - снова подумал Джо и отвернулся, а затем провалился в сон.

Глава 6
Кто такой Джо Ди Маерс?

⬤

Что-то очень громко грохотало. И этот звук выдергивал Джо из таких сладких снов о…

- Кто такой Джо Ди Маерс? - вопрошал диктор с экрана, - Сегодня впервые Межзвездный Комитет Ориона связался с Комитетом Межпланетных Отношений Мельгеры, чтобы сообщить невероятную и я бы даже сказал потрясающую новость, а именно то, что один из жителей нашей планеты впервые в истории попал в список «счастливчиков» и стал участником годового Межзвездного Мега Заезда. Как он туда попал до сих пор остается тайной. Но теперь всех волнует лишь один вопрос - кто же он такой? Кто такой Джо Ди Маерс?

Джо машинально потянул руку к экрану, чтобы отключить звук, но замер и открыл глаза, не веря тому, что слышал. Кажется, это был не сон.

- Он гурт или оран? Лирта, у тебя есть что-то на этот счет? – продолжал диктор.

- Нет, Пин, это неизвестно, - ответила девушка, - но по нашим последним данным он участвовал в гонках гуртов, хотя и числится в округах оранов.

- Гурт? Это те самые их любительские гонки? Как интересно. Случай беспрецедентный! Но как он собирается участвовать и будет ли?

В комнату вбежали Улит и Шейла.

- Ты попал! Попал в списки участников! Ты «счастливчик», Джо, – кричали они.

Но Джо до сих пор не мог поверить в то, что слышал.

- Седьмая звезда! Но ведь кандидатов лотереи было больше миллиона, - не веря, сказал он, - а выбрали только пятьдесят.

Браслет на его руке то и дело издавал звонкие звуки. Джо нажал на него. На возникшем в воздухе экране рядом с его лицом крутились цифры.

- Три миллиона подписчиков?! Только вчера было меньше пяти тысяч!

Цифры продолжали прибавляться.

Улит прыгал на кровати, что было ему совсем не свойственно, а Шейла хлопала в ладоши. Они замерли на мгновение, когда за окнами раздался шум. Улит спрыгнул и выглянул в окно.

- Репортеры, - сказал он, - их много.

- Седьмая Звезда, - только и смог произнести Джо.

Улит стал мертвецки серьезным.

- Мы должны подготовиться.

- К чему? – Джо встал, натягивая штаны, - у нас нет ни денег, ни ресурсов для участия в гонках.

- Именно к этому, - Улит схватил его за плечи, - мы должны получить финансирование на участие и все, что требуется. Для нас это много, но для планеты возможно. Ты должен просить финансирование гонок ради водоснабжения планеты.

- Но как это связано? – занервничал гонщик.

- Самым прямым образом. В тебя будут вкладывать деньги только ради высшей цели.

За окном раздались гудки машин и Джо невольно почувствовал, как по его спине прошла волна не то страха, не то электрического тока.

- Всё дело в правильной подаче информации, - сказал Улит пристально глядя ему в глаза, - Ты должен знать, что ты делаешь и почему ты это делаешь.

- Ага, - машинально согласился Джо.

- И никаких больше мне плевать на всех и всё, – вставила Шейла.

- Хорошо, я понял, - ответил Джо.

Он осторожно подошел к окну и отодвинул занавеску, но тут же отскочил обратно. Десятки фотокамер уже запечатлели этот момент.

Джо спрятался за диваном, но Улит кинул ему пыльную гоночную куртку и вытолкнул брата из комнаты.

- Иди, Джо. Ты должен сделать свое первое заявление.

Гонщик спустился по лестнице и остановился возле двери. Его колени дрожали, но в то же время он испытывал то самое чувство, которое появлялось у него каждый раз перед гонками – азарт и желание добиться того, чего от тебя хочет толпа, которая страстно в тебя верит.

Он глубоко вдохнул, открыл дверь и улыбнулся так широко, как только мог.

Несколько десяток камер, фотокамер и дронов смотрели на него со всех сторон и даже парили в воздухе. Джо помахал рукой во все стороны.

- Вы Джо Ди Маерс? – раздался женский голос из небольшой толпы репортеров.

- Он самый, - Джо поправил куртку и подмигнул ей, - стою здесь и готов к гонкам как никогда в жизни.

- Как давно вы занимаетесь гонками?

- Я родился в гоночной машине.

Репортеры рассмеялись.

- Вы гурт? Ораны не практикуют гонки уже очень давно.

- Я их научу. Раз плюнуть.

И снова одобрительный смех.

- Почему вы решили участвовать в Межзвездном Мега Заезде?

- Эээ, - Джо почесал затылок, - планета… эээ вода… понимаете? У нас же проблемы с водой, ведь так?

Они ждали продолжения, но Джо только развел руками, будто они сами должны были всё понять.

- Где вы возьмете спонсоров? Участие стоит очень дорого, а приз получить сложно.

- Я думал вы мне в этом поможете, - раздраженно кинул Джо.

Раздался легкий разочарованный гул.

Из-за двери выглянул Улит. Он схватил Джо за руку и втащил обратно в дом.

- Что?

Джо взволнованно дышал, как после пробежки.

- Я ведь всё правильно сказал?

- Для первого раза очень неплохо, но помни, что твои публичные выступления будут транслироваться чуть ли не на каждой планете Ориона.

- Верно, - согласился Джо.

- С этого момента я буду писать тебе речи. Всё что тебе будет нужно это их слегка выучить, хорошо?

- Ладно, - с облегчением выдохнул Джо.

- Я добился четырнадцати минут для твоего выступления в Министерстве Межпланетных отношений Мельгеры. Вот их-то ты точно должен убедить.

Джо погрустнел, глядя как репортеры разъезжаются.

- Как думаешь, я им понравился?

- Ты не о том думаешь. До гонок всего три дня. Это значит, что у нас почти нет времени на то, чтобы найти спонсоров и тренера, который обучит тебя всему.

- Да, - задумался Джо, - их гоночные машины — это чудеса техники. Я, наверное, даже руль не смогу повернуть.

- Сможешь.

Джо нахмурился, глядя как Улит самозабвенно пишет что-то на бумаге. Он всегда верил в него больше, чем сам Джо верил в себя. Но сегодня особенно.

Браслет Улита зазвенел.

- О нет, - произнес он, прочитав сообщение, - Межзвездный комитет Ориона сомневается в легитимности твоего участия в Мега Заезде.

- Что ж, значит всё потеряно, – всплеснул руками Джо и рухнул на диван. Он будто знал, что так и будет, что что-то испортит этот бесконечный праздник в его душе и не даст ему того, чего он так страстно хотел.

- Нет, не потеряно. Это только значит, что тебе и их тоже придется убедить.

Джо посмотрел в окно. Репортеры разъехались. Дорога перед ним была чистой и всё же было столько препятствий, а ведь он еще даже не был на стартовой полосе. Что если он не сможет? Он вспомнил слова Айка. Может быть, у него и правда не было того, что требовалось - удачи… упорства или чего там еще? Но он отогнал эти мысли.

- Что теперь? – спросил он, - Я должен прятаться?

- Наоборот, - Улит покачал головой, протягивая ему листок, - иди в город – в Верхний, затем в Нижний и говори им это.

Джо пробежался глазами по тексту.

- Привлекай к себе столько внимания, сколько сможешь, а остальное предоставь мне. Если повезет, завтра же отправимся с запросом на Агарну.

Когда он выходил, Шейла остановила его и дотронулась рукой до его щеки.

- Возможно я была строга с тобой, - сказала она, - но я всегда верила в тебя, Джо.

Он улыбнулся, почувствовав себя таким же счастливым, как в те моменты, когда толпы кричали его имя.

- Иди, покажи им, сынок.

Она открыла дверь и мягко вытолкнула его наружу.

Глава 7

Момент Славы

Джо огляделся вокруг. Репортеров не было. Неужели они так быстро потеряли к нему интерес? Но он заметил, как несколько дронов парили неподалеку. Гонщик улыбнулся так широко, как только мог и помахал им рукой.

Куда он пойдет? В Нижний город? Что он им скажет? Как они отнесутся к нему теперь, когда он участник Мега Заезда? В голове у Джо пронеслась вся его жизнь до этого момента. Этот шанс был действительно тем, что у него осталось.

Что было бы если бы он не проснулся сегодня утром под звук новостей, где все говорили только о нем? Без этого его жизнь была бы в тупике. Он не знал, что будет дальше, но четко осознавал, что потерять это и вернуться к тому, что было, он не мог.

Гонщик вышел из своего квартала, когда внезапно, кто-то окликнул его.

- Джо? Джо Ди Маерс?

Он повернулся. Мальчик лет десяти тянул маму за руку и приближался к нему.

- Мама, это же участник Межзвездного Мега Заезда, про которого все говорят.

Женщина сдержанно кивнула.

Джо поправил куртку.

- Привет!

- Джо, а ты дашь мне автограф?

Он достал планшет, который вместе с ручкой завис в воздухе. Гонщик подписал. Мальчик нажал на кнопку на своей куртке и лицо улыбающегося Джо заиграло на ней.

- Теперь я твой кумир, Джо.

Гонщик подмигнул ему.

- И как это тебе удалось? – спросила женщина.

- Мэм, у меня не было выбора, - сделав самый серьезный вид сказал Джо, - Нашей планете угрожает опасность.

- Правда?

- Разве вы не знаете? Ресурсы воды истощились, Межзвездный комитет отказал нам в помощи, и получить финансирование на водоснабжение Мельгеры смогу только я, одержав победу в Мега Заезде.

Женщина удивленно вскинула брови.

- Я и не знала, что всё так плохо.

Джо покачал головой.

- Что ж, не буду вас задерживать. Но, мэм, расскажите всем, кого знаете, не обо мне, а о проблеме с водой на Мельгере.

- Конечно, - она нажала кнопку на своей сумке. На ней появилось лицо Джо, а снизу надпись – «Я делаю это ради воды на Мельгере».

- Спасибо, - сложив ладони вместе протянул Джо, а затем развернулся и помахав мальчику, двинулся дальше.

- Джо, ты герой! – крикнул мальчик ему вслед, - я буду болеть за тебя!

«Седьмая звезда!» - произнес про себя Джо. Его узнавали. Он двинулся дальше. Люди оборачивались и подходили к нему. Сначала один-два, затем их становилось больше. Вскоре вокруг него собралась толпа оранов. И всем им Джо говорил одно и тоже – выученный текст про воду, написанный Улитом.

- Джо! Джо! Джо! – скандировали они, - верни нам воду!

Дронов вокруг него становилось всё больше и уже через несколько часов на здании центральной площади засветился огромный экран с улыбающимся Джо, который внезапно становился серьезным и говорил - «Я делаю это ради воды на Мельгере».

- Подумать только, шестнадцатилетний мальчик, будет бороться с сотней участников с мега развитых планет в гонках Межзвездного Мега Заезда и будет делать это не ради выигрыша… нет… он будет делать это ради воды на Мельгере, - говорили дикторы и репортеры по всем каналам, - ты знала, что проблема с водой настолько серьезная, Лирта?

- Нет, Пин - покачала головой девушка, - мы все выросли, зная, что есть эта проблема и видимо поэтому привыкли игнорировать её вместо того, чтобы делать что-то.

- А Межзвёздный комитет Ориона?

- Они нам отказали.

Дикторы качали головами.

- Хорошо, что у нас есть Джо Ди Маерс!

- Теперь это наша единственная надежда.

Приближаясь к Нижнему городу, Джо листал один канал за другим на своем браслете. Они все говорили о нем. Он посмотрел на свой статус - двенадцать миллионов подписчиков. Джо покачал головой не веря тому, что видел.

Но не успел он приблизиться к Нижнему городу, как гурты окружили его и подняли на руки. Они шумели и кричали, и толпа вокруг него становилась всё больше и больше. А вместе с ней это знакомое и сладкое…

- Джооооо! Джооооо! Джооооо! Ди! Ди! Ди! Маааааааерс!!!

Казалось, все гурты планеты собрались вокруг него. Они забыли про его проигрыш и то, что все они потеряли деньги, сделав на него ставки. Всё, что теперь имело значение так это то, что он будет участвовать в Мега Заезде и они, хоть и отдаленно, но станут частью этого.

На руках они внесли Джо на площадку перед стадионом «Звездный Заезд», скандируя как множество раз прежде.

- Джооооо! Джооооо! Джооооо! Ди! Ди! Ди! Маааааааерс!!!

Гонщик улыбался, наслаждаясь моментом. Его улыбка красовалась на всех баннерах и экранах стадиона рядом с фрагментами видео Мега Заезда.

Джо поднял руку, и они замерли, ожидая, что он скажет.

- Сегодня я хочу поговорить с вами о воде…, - сказал Джо серьезно, - и о нашей дорогой… горячо любимой планете Мельгере!

Гул обожания и восхищения вновь залил стадион, не давая ему продолжить. Глядя на это, Джо осознавал, что такого даже он сам не ожидал от гуртов.

- Верни нам воду, Джоооооо! Верни воду!!!!

Ведь это были те, кому всегда было на всё наплевать, и они научили его гордиться этим.

Зайдя за сцену, Джо не мог поверить в то, что видел в новостях.

- Волна любви, и, я бы даже сказал, надежды охватила стадион в квартале гуртов, где сегодня появился Джо. Но это еще что, посмотрите на остальные города планеты, - говорил диктор.

По всем каналам транслировались видео из разных городов, где толпы скандировали его имя.

- Кажется, сегодня вся планета собралась, чтобы выразить поддержку Джо Ди Маерсу и надежду на его победу. Ему удалось объединить как оранов, так и гуртов, которые в некоторых частях планеты даже празднуют вместе.

Джо по-мальчишески засмеялся, глядя на то, как толпы гуртов и оранов, обнявшись, скандируют его имя. Но подняв глаза, он замер. Перед ним был Айк. Он выглядел грустным и немного виноватым.

- Они снова скандируют твое имя, да? – сказал Айк.

Хромая он сделал еще несколько шагов и присел рядом с молодым человеком. Несколько мгновений Джо смотрел на него как на отца, а затем крепко обнял.

- Это шанс для нас, старик Айк, разве ты не понимаешь? Шанс! Там, на Агарне мне понадобится механик.

Но старик лишь закряхтел в ответ и закашлял, а затем достал платок, вытер бороду и покачал головой.

- Нет, - сказал он, - моя карьера в прошлом, - теперь я могу лишь наблюдать за звёздами, - он указал тростью вверх, - кроме того, я ничего не смыслю в их автомобилях… только в старых деталях гуртовских драндулетов.

- Да брось, - Джо слегка хлопнул его по плечу, - только представь сколько денег мы выиграем, - я отдам тебе в миллион раз больше, чем то, что должен.

Но старик несколько мгновений смотрел в одну точку, а затем повернулся к нему.

- Нои, - сказал он, - вот кто тебе нужен.

- Кто? – Джо вспоминал о нем только когда видел перед собой.

- Мало кто знает, - продолжил Айк, понизив голос, - но Нои с другой планеты… очень развитой… такой как твоя Агарна! И там он был механиком в каких-то, - старик замахал руками, - невероятно больших организациях. А когда приехал сюда, ему пришлось переучиваться и работать с гуртовскими машинами. Он сказал мне однажды, что живет среди муравьев и чинит их прутики. Представляешь?

Джо захохотал и не мог остановиться, потому что это казалось ему слишком невероятным. Кроме того, в этот момент он заметил самого Нои, который прятался вдалеке и, то и дело выглядывал из-за угла, чтобы хоть украдкой посмотреть на гонщика.

- Почему он так меня боится? – спросил Джо.

- Хм… он видел в тебе великое будущее, когда его не видел я, поэтому он подойдет тебе куда больше.

- Не говори так, Айк.

Старик встал, еще раз обнял мальчика и направился к выходу.

- Я желаю тебе победы, - сказал он, - нет правда, забудь всё, что я тебе тогда сказал. Только помни, что это, - он указал рукой на шумящий стадион, - момент славы, который тебе еще предстоит заслужить.

Джо с грустью смотрел ему вслед и в его сердце будто что-то защемило, но шум толпы был слишком громким, чтобы можно было его игнорировать.

- Нооооои, - закричал Джо.

Пришелец выглянул из-за угла, будто не веря, что зовут именно его, но, убедившись, что гонщик смотрит на него, засеменил по направлению к нему.

- Нои знает о гоночных машинах Мега Заезда абсолютно всё, - затараторил он, - у них может быть два, а то и сто сорок четыре колеса, движки справа, впереди, по тысяче пятьсот рядов сзади. А про градусное соотношение Нои может целую библиотеку написать... даже руководство для новичков!

- Градусное соотношение? – нахмурился Джо.

- Ну да, - ответил Нои, - ты думаешь почему их машины как мухи летают? Всё дело в этом.

- Ладно, - ответил Джо, - ты нанят.

- Что?!

Нои не мог поверить и его глаза внезапно стали в три раза больше, но он тут же взял себя в руки и вернул их к прежнему размеру, когда заметил, что гонщик чуть ли не подпрыгнул на месте.

- Нои ведь только старается выглядеть как вы, - пояснил механик.

- Ааа...понятно, - сказал Джо,- завтра к 7:45 будь готов. Отправляемся в Комитет Межпланетных отношений Мельгеры, а затем, если повезет, на Агарну в комитет Ориона.

Он снова вышел на стадион и поднял руки над головой.

- Во имя воды! – закричал он так громко, как только мог, обнажая татуировку с птице-ящером - Во имя Мельгеры!

И толпа повторила оглушительным ором:

- Во имя воды! Во имя Мельгеры!

А затем:

- Джооооо! Джооооо! Джооооо! Ди! Ди! Ди! Мааааааааерс!!!

Глава 8

Тот самый птице-ящер

◉

- Молодец, - это было первое, что услышал Джо, когда открыл глаза утром. Над ним стоял Улит.

Было рано и за окном мерцал растворяющийся розовый свет алых лун. Джо отвернулся, уткнувшись носом в подушку. Он не помнил, как вернулся вчера домой. Возможно его принесла толпа.

Но Улит забрал у него подушки, потом одеяло.

- Сегодня самый важный день в твоей жизни, - сказал он.

Реальность снова возвращалась на место. Какой же она была сладкой. Слаще, чем сон. Он сел на кровати и посмотрел на свой браслет, который просто мигал не переставая.

- Пять миллиардов подписчиков?! – Джо потряс браслет, думая, что тот сломался.

- Неудивительно. Твои речи про воду транслируются по всей вселенной.

- Значит, это уже подписчики с других планет? Седьмая Звезда!

- Я добился для нас времени, - сказал Улит, - доклад в Комитете Мельгеры в 7:79. Доклад в Комитете Агарны в 17:50. Сиреневые порталы, что очень хорошо!

- Ага, - у Джо голова шла кругом, - а дальше?

- Если получим финансирование, нужно найти механика и тренера.

- Механик уже есть, - сказал гонщик, потирая виски.

- Хорошо, - коротко, но с недоверием ответил Улит, - но тренер… его услуги будут стоить нам баснословное состояние.

Джо беззаботно зевнул.

- Я расскажу ему про воду и всё-такое... Будет без проблем.

- Что ж, - Улит поправил очки, - давай пока что сконцентрируемся на финансировании и легитимации участия.

- Точно, - согласился Джо, снова падая на кровать.

Но Улит стащил его на пол, а затем стал рыться в его гардеробе, подбирая лучший гоночный костюм.

- Ты должен выглядеть так, будто гонки — это твоя жизнь.

- Я и так всегда так выгляжу.

Джо встал перед зеркалом, глядя на свою татуировку птице-ящера и маха́я воображаемой толпе.

- Мы должны выучить и отрепетировать твою речь, - сказал Улит, отдавая ему стопку листков бумаги.

Джо пробежался глазами по тексту.

- Седьмая Звезда! Я половину слов даже прочитать здесь не могу!

Они вошли в кухню, где Шейла встретила их готовым завтраком.

- Значит так, - сказал Улит, указывая на текст, - здесь ты кратко пересказываешь свою биографию с упором на то, что с детства понимал, что вода не должна быть с пылью…

- А она не должна? – нахмурился Джо.

- Потом ты рассказываешь, как решил стать гонщиком, чтобы хоть как-то помочь водоочистительным организациям.

- Ха, да я там даже работал! – с гордостью сказал Джо.

- Точно, это надо дописать, - обрадовался Улит, перечёркивая и переписывая несколько предложений, - а потом ты говоришь о том, как попросил меня добавить твое имя в лотерею лишь бы выиграть и заработать на водоснабжение для Мельгеры.

- Ааа да ладно.

Джо выпил стакан сока куразы, степного фрукта, который сегодня показался ему особенно вкусным и встал, потягиваясь.

- Я готов.

В этот момент раздался стук в дверь.

- Это наш механик, - пояснил Джо, - вы не против, если он будет в команде? Надежный человек… то есть не человек… но да ладно пусть будет человек.

Шейла открыла дверь и на пороге появился Нои. Он выглядел настолько человекоподобным, насколько это было возможно. Костюм с иголочки, жиденькие волосы на голове зачесаны и уложены гелем, а в руке маленький чемодан.

- Нои знает об автомобилях Мега Заезда абсолютно всё, - сказал он сходу вместо приветствия, - у них движки решают половину дела, а остальное процентное соотношение, но не стоит забывать, конечно, про простую механику, она как правило первое всего подводит…

Улит и Шейла переглянулись.

- Эй, Нои, остынь, - сказал Джо, крутясь на стуле, - ты уже нанят.

Пришелец зашел и сел на свой чемодан в углу, стараясь быть незаметным.

- Нои знает об автомобилях Мега Заезда абсолютно всё, - бубнил он себе под нос, - абсолютно всё.

- Приятно познакомиться, - сказал Улит и поправил очки, - что ж, я думаю нам пора отправляться в дорогу.

Он повернулся к Джо.

- Мы отправимся через портал, который нам откроют через две минуты, - сказал он.

Нои с трудом удерживал глаза на месте, но очень старался. К счастью, к этому времени портал открылся и Улит, помахав на прощанье Шейле, чуть ли не затолкал их туда.

Не успели они и глазом моргнуть, как оказались в большом светлом зале с множеством сидений, выстроенных рядами. Их встретили несколько оранов, одетых в форму, такую же, какая была на Улите.

- Ха, - сказал Джо,- а я думал, это твоя домашняя пижама.

- Запрос 7894, - сказал Улит, подошедшей к ним девушке.

- Присаживайтесь, - сказала она.

- Это Зал Ожиданий, - пояснил Улит, - мы проведем здесь несколько часов. За это время ты успеешь выучить речь.

Джо окинул зал взглядом. Там было полно оранов, даже, слишком много: старых, молодых, солидных и не очень. Все они ждали своей очереди и были заняты своими делами.

Джо думал, что здесь ждут только его и встретят поздравлениями и овациями прямо с порога. Но, кажется, его здесь никто и не узнавал. Никто даже и не смотрел в его сторону. От этого его уверенность в себе немного пошатнулась, и он натянул рукав пониже, чтобы никто не увидел татуировку птице-ящера.

Прошло несколько часов и Джо уснул. Во сне он видел Элиру Брайт. Она обходила миллионы участников Мега Заезда всех прошлых лет, здоровалась с ними, улыбалась своей мягкой женственной улыбкой и пожимала им руки. Но, увидев его, она остановилась и скривилась.

- Гурт? Гуртов мы сюда не приглашали!

Все участники повернулись к Джо и презрительно окинули его взглядами. Гонщик отступил на шаг, прикрывая татуировку. Но ему надоело. Он встал, гордо выпрямившись и с вызовом посмотрел им в глаза.

- Я и есть тот самый птице-ящер! – произнес он так громко, что его услышала вся вселенная.

И неожиданно для себя, он увидел, как его кожа покрылась перьями и чешуей. У него вырос клюв, и он поднялся над участниками так высоко, что накрыл их своей бесконечной тенью. А рядом с ним по обе стороны появились такие же птице-ящеры как он. Тот, что был справа, повернул к нему голову и сказал:

- А ведь назад пути нет, Джо. Такие правила.

В этот момент он проснулся от того, что Улит толкал его в плечо.

- Наша очередь, - сказал он и потянул его за локоть.

Нои тоже схватил его, помогая толкать и тащить за собой.

- Спасибо, Нои, я сам справлюсь, - зевая сказал Джо. Сон немного придал ему уверенности в себе.

Их завели в небольшую комнатку, в которой над возвышением висело множество экранов с лицами министров. Джо подумал, что они были такими же серыми, унылыми и невзрачными, как Улит. Он усмехнулся, подумав, что будет, если он скажет им, что он и есть тот самый птице-ящер. Но в этот момент Улит шепнул ему, будто прочитав его мысли:

- Не отклоняйся от текста.

Джо кивнул и вышел на возвышение.

- Вы Джо Ди Маерс? – спросила женщина с экрана.

- Он самый, - ответил Джо и улыбнулся своей самой очаровательной улыбкой.

- Ваш брат Улит Ди Маерс работает в министерстве?

- Так точно, мэм.

- Вы выиграли участие в Межзвездных гонках Мега Заезда Ориона?

Джо кивнул думая, где начать говорить, заготовленную речь. Но мужчина с экрана тоже стал задавать вопросы.

- Вы вызвали сенсацию, декламируя, что победный приз вы отдадите на финансирование водоснабжения Мельгеры?

- Да.

- Каковы гарантии?

- Победы?

- Того, что вы отдадите деньги на воду?

- Седьмая Звезда! - развел руками Джо, - Я обещаю!

Но он встретился взглядом с Улитом и затараторил:

- Еще с детства я чувствовал привкус пыли в воде и…

- Вы когда-нибудь участвовали в гонках за пределами стадиона гуртов «Звёздный Заезд?»

Гонщик покачал головой.

- То, что вы выиграли в лотерее случайность. Шансы вашей победы минимальны, - монотонно говорили они один за другим, - бюджет не позволяет нам участвовать в лотереях или полагаться на призрачные шансы. Запрос отклонен.

Джо был так сбит с толку, что просто молча стоял и смотрел на них. На выручку ему выбежал Улит.

- Мы просим совсем немного, - сказал он, - всего лишь финансирование машины и тренера. Механик у нас уже есть.

Нои выбежал на пьедестал. Он глубоко дышал и явно хотел что-то сказать, но не мог, беззвучно открывая рот.

- Он знает об автомобилях Мега Заезда абсолютно всё! – указывая на него прокричал Джо.

В этот момент в нем проснулся некий протест и непонимание. Как они могли отказать ему, когда в него верили все?

- Мой брат добивался финансирования в самом Межзвездном Комитете Ориона, – произнес он так, что заглушил все голоса в зале, - он доказал, что Мельгера входит в какой-то там округ Ориона! Он добавил моё имя в Лотерею Мега Заезда! И всё ради вашей долбанной воды! А вы не можете позволить мне хотя бы один шанс, чтобы решить все ваши, да ВАШИ, проблемы?

- Запрос отклонен.

- Ваши стремления достойны уважения. Но ваш запрос отклонен, - строго повторила женщина, - мы не играем в игры со вселенной.

- А я играю, - заорал Джо, - потому что я и есть тот самый птице-ящер!

Полный злости и негодования он выбежал из зала, а Улит и Нои последовали за ним.

Глава 9
Таверна «Бешенный кретраг»

◉

Джо мчался вперед по холодному коридору, не зная куда идет. В висках у него стучало не столько из-за их отказа, сколько из-за несправедливости. Они ведь даже не выслушали его речь! Они всё решили еще до того, как он начал говорить! Как он теперь вернется обратно? Что он скажет всем тем оранам и гуртам, которые в него верят? А вода... Она и вправду была с привкусом пыли!

- Не расстраивайся, Джо, - сказал Нои осторожно, - у нас еще есть встреча в Межзвездном Комитете Ориона.

- Они никогда не легитимируют его участие без финансирования, - покачал головой Улит, - более того, они даже не допустят его до изложения запроса.

Он подошел к Джо, у которого подступал комок к горлу и, по-отечески обнял его.

- Ничего, ты старался. Я горжусь тобой, как никогда.

- Возможно нас не допустят до изложения запроса, - рассуждал Нои, будто разговаривая сам с собой, - но нас уж точно пустят в Межзвёздный Комитет раз время назначено. Мы сможем погулять и расслабиться. Там есть одна таверна «Бешенный Кретраг». Нои был в ней лет сто назад – отличное место. Более всего прочего оно известно тем, что там решаются любые вопросы. Нои бы даже сказал самые сложные вопросы во вселенной.

Улит и Джо уставились на него с удивлением.

- Ты был на Агарне?

- Нои с планеты Олерда, - пояснил механик, - вода там чище, чем в родниках Гельверы и Фаи. Нас пускают везде без единого вопроса. Нои был на Агарне и в других важных частях Ориона тысячу раз.

- Седьмая Звезда, - только и смог произнести Джо.

- Что ж, - сказал Улит, хлопая Нои по плечу, - тогда попытаем удачу еще один раз!

Нои закивал с видом инопланетянина, который уже приступил к исполнению своих обязанностей и делал их хорошо.

- Но Нои должен предупредить вас. Туда пускают только особенных посетителей. Например тех, у кого звездный рейтинг, - сказал Нои.

- А это сколько? – спросил Джо.

- Не меньше семи миллиардов.

Джо посмотрел на свой браслет.

- Как насчет семи с половиной? – радостно хохотнул он.

Улит и Нои шагнули в появившийся портал. Джо только было хотел что-то спросить, как осознал, что оказался в совершенно новом месте. Первое, что он заметил, так это то, что потолок был высоко, слишком высоко, а на нем была карта звездного неба с точками, которые то и дело вспыхивали, обозначая места, откуда появлялись новоприбывшие. «Мельгера» - прочитал он и планета уплыла в темный океан, а затем потонула в нём, испарившись.

 Вокруг было множество пришельцев самого разного вида, размера и одеяния.

- Не глазей на них так, - шепнул Улит.

Джо заметил, что они и вправду отвечали ему холодными взглядами, смеряя с головы до ног.

- Это Молл Желаний, - пояснил Нои, - здесь без налога можно купить почти любой товар во вселенной.

- У нас на это нет времени, - сказал Улит.

- Там, - указал Нои, - таверна будет с левого крыла рынка.

Они понеслись вперед с быстротой пули, а Джо только вертел головой, пробегая взглядом по товарам, которых не видел никогда в жизни и даже представить не мог.

Когда они вышли на дорожку мини-порталов, которые переносили их на сотни метров в одно мгновение, Джо стал смеяться как ребенок, попавший в парк аттракционов. Ему так понравилось, что он не хотел уходить, проносясь на сто метров вперед и обратно, а затем снова и еще раз. Но Улит выдернул его оттуда и резко потянул за собой.

Наконец, они остановились возле высокого здания в виде головы монстра с разинутой пастью. Над входом красовалась вывеска «Бешенный Кретраг».

- Кто такой кретраг? – спросил Джо.

- Самый опасный монстр во вселенной, - ответил Нои.

- Почему здесь всё написано только на нашем языке? – удивился Джо.

- Нет, это написано на всех языках вселенной, - пояснил Нои, - здесь всё вокруг считывает твой энергетический фон и подстраивается под него и его данные. Кроме того, в детстве нам всем встраивали чип, верно? Не думаю, что Мельгера исключение. Этот чип позволяет понимать и говорить на большинстве известных языков вселенной.

Джо это было известно, хотя он и не задумывался об этом раньше, ведь за пределами планеты он никогда не бывал. На Мельгере было мало пришельцев, но тех, кого он встречал, Джо понимал прекрасно.

Улит только нервно поправил очки и остановился перед входом, но двери не открывались.

- Первым должен идти носитель звездного рейтинга, - пояснил Нои.

Джо улыбнулся и шагнул вперед. Двери растворились прямо перед ними, и они оказались внутри просторной шумной таверны. Сознание гонщика не сразу смогло охватить увиденное. Столики с посетителями были повсюду, но они будто наслаивались друг на друга, каждый существуя в собственной реальности и в мире всего зала в целом.

- Арни, усади уже рябят за 2915-й. Они здесь целую вечность ждут! - крикнула тучная женщина с синей кожей.

- Уже бегу, Марла.

Высокий Арни с семью глазами, которому приходилось нагибать длинную шею в три дуги, чтобы не удариться головой о потолок, приблизился к ним. Джо смотрел только на его ноги на роликах, благодаря которым он парил в десяти сантиметрах над землей.

- Только пожалуйста, - взмолился Арни скороговоркой, - не пишите про меня плохой отзыв. Получить работу здесь так сложно, а я учился на официанта в самом престижном колледже Чивры.

- Столик на троих, - строго сказал Нои.

- Конечно, конечно – виновато засуетился Арни.

Их будто растянуло и собрало снова, а затем они мгновенно пронеслись сквозь пространство. Джо даже не понял, что это было, но они уже сидели за столиком.

- Аааа, - затараторил Арни, - вы гости с Мельгеры, - у нас таких не было с 17475-го года по общепринятому календарю, конечно.

Перед ним возник экран, на котором пронеслось видео в самой ускоренной перемотке, какая только была возможно.

- Ага… ага… ха, занятная планета, - продолжал болтать Арни, глядя на экран - богатая история, прекрасные люди. А ты гонщик, - указал он на Джо, - ничего себе! Ты же участник Мега Заезда! Семь с половиной миллиардов – неплохой рейтинг!

Он повернулся и заорал так громко, как только мог:

- Марла, у нас здесь гонщик Мега Заезда!

- Ну так объяви, дубина, - ответила она ему, казалось, из параллельной вселенной.

- Внимание, внимание, - заорал официант так, что, наверное, услышала вся вселенная, - за столом 2915 восседает, никогда не поверите, будущий гонщик Мега Заезда собственной персоной – Джооооо Дииииии Мааааааерс!

Лицо Джо в момент гонок на стадионе гуртов закрутилось над всеми столами в таверне, а затем поворот и тот момент, когда его машина перевернулась и взорвалась, а затем песчаная суриката крупным планом и ревущий стадион.

- Откуда они взяли это видео?!

Джо это так понравилось, что, забыв обо всем, он захлопал в ладоши.

Арни дотронулся до своего наушника.

- Ага, понял, конечно.

- Посетители со 1107-ми столиков готовы оплатить ваш счет за всего лишь один маленький крошечный автограф…и селфи, конечно. Какой столик вы выберете?

Улит сидел как замороженный, а Нои бросал на официанта раздраженные взгляды.

- 557-й, - весело тряхнув кудрями сказал Джо.

- Прекрасно!

Внезапно трое девушек-пришельцев оказались рядом с их столиком, хихикая и протягивая Джо браслет, на котором появился экран.

- Ооооо, - улыбнулся Джо удивленно и расписался, - это так мило с вашей стороны.

Но они его не слушали. Девушки встали у него за спиной, прихорашиваясь и поправляя прически. Затем замерли и сделали сэлфи. А потом исчезли так же быстро, как появились.

- Седьмая Звезда! – Джо оглядывался вокруг, не желая верить, что они исчезли, - я ведь только вошел во вкус.

- Мы можем, наконец, сделать заказ? – раздраженно буркнул Нои.

- Конечно, господин из Олерды, - Арни открыл перед собой экран, желая прочитать о нем информацию, но Нои резко его закрыл. Арни смущенно согнулся.

- Простите, я лишь хотел…

- Куверки с черильным соусом, - сказал Нои со злостью.

- Хорошо.

Куверки, чем бы они ни были, появились перед механиком, и он начал их уплетать за обе щеки, не дожидаясь остальных.

- Так… так… так…, - Арни снова повеселел, повернувшись к Джо - кухня Мельгеры! Могу посоветовать кое-что на ваш вкус!

- Нет лучше что-нибудь необычное. На ваш выбор, - вежливо сказал Улит.

- Отлично, – расплылся в улыбке официант, - у Арни прекрасный вкус!

Перед ними появились блюда и напитки.

- А теперь я вас оставлю, - сказал он сладко, - наслаждайтесь обедом и не забудьте оставить про меня хороший отзыв.

Он бросил виноватый взгляд на Нои и собрался было уйти, но остановился и повернулся к ним.

- Если что мигните, - прошептал Арни, мигая всеми семью глазами, - и я буду здесь.

С этими словами он исчез.

- Может нам стоит объявить, что нам нужна помощь, - предложил Улит.

- Это не потребуется, - сказал Нои, запихивая в рот пирожные, - все в этом зале уже давно знают кто мы и зачем пришли. Нои предлагает запустить краудфандинг.

- Неужели они согласятся профинансировать гонки за еще одну подпись и селфи? – удивился Джо.

- Возможно, - пожал плечами Нои, - а возможно и этого не потребуется. В этой таверне никогда не знаешь, чего ожидать. Но вопросы здесь решаются на счет раз, - он щелкнул пальцами для пущей убедительности.

Нои нажал на браслет и перед Джо появилась камера.

- Расскажи им зачем пришел и что тебе нужно.

Джо смутился на мгновение, но затем тряхнул кудрями и стал серьезным.

- Не скажу, что я лучший гонщик во вселенной, но я собираюсь им стать, - сказал он. И это ведь не просто так… моей планете нужна вода! Так что, если вам есть до меня дело – профинансируйте мои гонки! – он подмигнул и снова улыбнулся, показав татуировку птице-ящера на руке.

- Отлично, - сказал Нои, - запускаем. Теперь только ждать.

Джо и Улит попробовали еду и оба согласились на том, что это было самое вкусное, что они ели в своей жизни. Но не успели они съесть и половины, как перед ними в воздухе возникло лицо Арни.

- Краудфандинг запущен, - сладко произнес он, - перед вами размеры пожертвований.

В воздухе перед ними закрутились цифры. Джо и Улит не верили своим глазам. Нои же напряженно подсчитывал что-то в уме.

- Давай, давай, - повторял он.

Это длилось долго. Но наконец, его лицо расслабилось, и он хлебнул напитка, стоящего на столе.

- Хорошо, - сказал он, - допустим этого хватит на гоночные машины и их полный ремонт. И возможно к гонкам нас допустят, - он явно был расстроен, - но нам нужен тренер, а это стоит дорого.

- Я справлюсь сам, - сказал Джо, - я всегда справлялся сам. Множество гонщиков Мега Заезда участвовали и без тренера.

- И почти ни один из них не дошел даже до второго тура, - сказал Нои.

- А что делает тренер? – рассеянно спросил Улит, который ничего не смыслил в этих делах.

- Как бы это объяснить… - Нои забарабанил пальцами по столу, - Правильный тренер делает из гонщика победителя. Он ведет его, будто руль у него, а не у того, кто за рулем. Говорят, что именно тренер выигрывает турнир, а не гонщик.

- А как дорого он стоит?

- Состояние, - ответил Нои, - но без него нет шансов. Совершенно нет шансов!

- Как бы там ни было, на этом этапе мы уже выиграли, - сказал Улит, вставая, - но времени больше нет. Слушание начнется через 12 минут.

Они двинулись к выходу, снова проносясь через растягивающееся и сжимающееся пространство. А Джо, который шел позади, танцевал и беззаботно напевал свою любимую песенку про Седьмую Звезду.

Глава 10
Красота Вселенной

Нои несся вперед, то и дело врезаясь в прохожих и остановился только при входе в высокое здание. Улит следовал за ним и тяжело дышал, пытаясь сказать что-то Джо.

- Осталось совсем немного времени, - сказал он нервно, - Ты должен убедить комитет, что мы часть Межзвездного сообщества. Вот здесь.

Он указал на место в тексте речи.

- Делай упор на 7754-ю статью. И не забывай про воду.

- Понял, - кивнул Джо.

Они открыли портал и оказались в совершенно новом месте. Все трое сидели в креслах, которые медленно парили в пространстве, создавая ощущение полета. Джо попробовал встать и чуть не вскрикнул - он стоял на воздухе, но Улит потянул его за рукав и усадил на место.

Легкий аромат чего-то невероятно приятного и расслабляющего заставил Джо закрыть глаза от блаженства. Вокруг не было ничего - только белое пространство и семеро существ, которые с мягкой улыбкой смотрели на прозрачный экран перед ними. На нем был сам Джо, в ускоренной перемотке читающий речь, приготовленную Улитом.

«Но я ведь её еще не прочитал?» пронеслось в голове у Джо. Однако перебивать их он не хотел.

- Они проецируют наиболее вероятное будущее ближайших пятнадцати минут, - шепнул Нои.

- 7754-я статья, - покачала головой красивая худая инопланетянка и глотнула напиток из длинной тонкой чашки с трубочкой, а затем сонно зевнула.

- Это Улька, глава комитета, - снова шепнул Нои, - она здесь решает всё.

Существа дослушали и закрыли экран, переглядываясь друг с другом и улыбаясь.

- Я полагаю, вы согласитесь, - сказал Улит, поправляя очки, - что у нас есть основания даже если не получить финансирование на воду, то хотя бы легитимировать участие в гонках.

Существа все разом кивнули, с уважением глядя на него, а затем снова повернулись друг к другу.

- Он уже на 59-м рейтинге среди участников, - сказал один из глав комитета.

Джо широко открыл глаза от удивления.

- Да, его популярность растет даже среди самых значимых планет сообщества, - согласился другой, - всё из-за воды конечно.

- Отказ вызовет недовольство многих. Слишком многих. Это может быть рассмотрено, как действие против кодекса Межзвездного Комитета, - сказал третий.

Улька откинулась на кресле, глядя вверх в белую пустоту.

- Маленькая незначительная планета… без воды и ресурсов… даже не входящая в округ Ориона. А теперь этот мальчик выигрывает лотерею. В этой ситуации есть что-то красивое… слишком прекрасное, чтобы оставить её без внимания, - сказала она.

- Красота Вселенной в её непредсказуемости, - заметил сидящий рядом с ней пришелец.

- Ммм… - Улька сонно потянулась, - Мальчик популярен. Но каковы его реальные шансы?

- Учитывая генетику, навыки, прошлое и другие параметры…

На экране появились цифры 1.7%.

Улька сощурила глаза и глотнула напиток.

- Тогда почему бы нам не увеличить ставки?

Лица всех присутствующих выразили интерес.

- Если мальчик победит, мы внесем планету в округ Ориона. Она получит доступ ко всем мероприятиям и фондам.

- А если нет?

- Нас никто не осудит за отказ в помощи.

В этот момент они исчезли. Просто исчезли на глазах у Джо, который вместе с Улитом и Нои продолжал парить в белой пустоте. Перед ними снова появился экран. Улит напрягся, поправил очки и прочитал.

- Участие в гонках легитимировано на новых условиях.

Дальше следовал бесконечно длинный список всего, что получит Мельгера в случае выигрыша Джо.

Они не успели прочитать и сотой части и не успели и глазом моргнуть, как оказались в новом месте.

Это был огромный павильон с широкой длинной дорогой, которая тянулась по периметру зала и дальше куда хватало глаз. Повсюду стояли, ехали и летали гоночные машины с участниками Мега Заезда.

Перед новоприбывшими появился низенький пухлый пришелец с таким счастливым видом, будто ждал их появления здесь всю жизнь.

- Привет! Привет! Я Тьюи, координатор! Добро пожаловать на территорию павильона Мега Заезда, - закричал он, пытаясь заглушить шум вокруг, - когда мне сообщили о вашем прибытии я был бесконечно рад! Я сказал себе - это же сам Д-ж-о Д-и М-аааааа-ерс! – он остановился напротив гонщика и крепко обнял его, - ты даже не представляешь, как тебя здесь все ждут! Сколько ставок уже сделано! Ты пропустил две первые пресс-конференции, а там только и разговоров было что про тебя, твою планету и воду! Ух ты! – его волосы встали дыбом и снова улеглись, - ну и ну!

Джо был счастлив, Нои же с видом знатока, стал задавать вопросы:

- Где раздевалка? Где отель участников? Когда мы получим автомобиль?

- Подождите, подождите, - произнес сбитый с толку Улит, - может вы объясните нам, что здесь вообще происходит?

- Вы трое должны находиться на территории Межзвездного Мега Заезда до окончания гонок, - пояснил Тьюи, - Таковы условия вашего договора с Межзвёздным комитетом Ориона. Здесь вы можете тренироваться сколько потребуется. Только пожалуйста, одно главное требование – вы должны следовать расписанию и участие во всех мероприятиях обязательно!

- Что от нас требуется? – спросил Улит.

- Сегодня вы должны зарегистрироваться в отеле и получить автомобиль, что, конечно, лучше делать с тренером.

- У нас нет тренера, - буркнул Нои.

- А, - Тьюи бросил на них сочувственный взгляд, - что ж, тогда всё сами! Карты павильона уже загружены в ваши браслеты. Приступайте! И да… завтра ориентационное собрание, а послезавтра в 7:95 первый заезд.

С этими словами он улыбнулся и исчез. Улит же продолжали стоять на месте, глядя в одну точку на машины, проносящиеся перед ними на скорости, вероятно не в силах переварить происходящее.

Джо же замер на месте. Впереди стояла она... Элира Брайт. Она больше не была фотографией на его стене. Она была живой... настоящей. Девушка беседовала с участниками гонок. В какой-то момент она повернулась и, встретившись с Джо взглядом, мягко улыбнулась. По телу гонщика прошла волна электрического тока.

- Скорее, нам нужно увидеть машину, - сказал Нои. Схватив обоих братьев за локти, он потащил их вперед, - Отель, - закричал он.

Они оказались в большом здании с темным холлом и декором в стиле старинной вселенной.

- Локальные порталы здесь открываются силой мысли, - пояснил Нои, увидев их озадаченные лица - нужно сконцентрироваться и сказать кодовое слово, например «Отель» и вы будете там.

Он нажал на свой браслет и перед ним появился экран с картой.

- Нас расположили на 315-м этаже.

Они снова исчезли и появились в просторном особняке с бассейном, теннисным кортом и видами на лучшие места во вселенной, которые менялись каждые пять минут.

- Седьмая Звезда, Нои, кто же ты такой, что всё знаешь? – захохотал Джо и запрыгнул на мягкий пуховый ковер.

- Нои был на Агарне множество раз, как и везде в обитаемой вселенной, - сказал пришелец с гордостью глядя в искусственное окно, - Нои тысяча семнадцать лет.

- Что?!

Улит и Джо переглянулись.

- А как же ты тогда попал на Мельгеру и застрял там?

- Это долгая история, - лицо пришельца скривилось, - но нам лучше поторопиться. У нас совсем немного времени до первого заезда, а Джо даже за рулем настоящего гоночного авто никогда не сидел.

- Я, пожалуй, останусь здесь, - сказал Улит присев на диван, - мне немного нехорошо от всех этих перемещений.

Нои кивнул, и они с Джо перенеслись в павильон с машинами.

- Седьмая Звезда, - воскликнул Джо, не в силах поверить в увиденное.

Тысячи гоночных авто висели и крутились в воздухе в уменьшенном виде, а перед ними были экраны с информацией о производителях, сборке, доступности деталей и общих параметрах. Они были совсем не такие как примитивные машины на Мельгере или те, которые Айк конструировал для него. У них было множество колес, двигателей и движков. Джо хохотнул и наугад нажал на экран. Машина тут же появилась перед ними в полном виде.

- Вау, - Джо открыл дверку и сел внутрь.

Перед ним было сотни кнопок, экранов, рычагов и рычажков, и Джо понятия не имел, зачем они там были.

- По крайней мере, я знаю, как крутить руль, - пошутил он.

- Не знаешь, - Нои вздохнул с видом пришельца, которого ждало слишком много работы, - руль нужно крутить только когда все остальные параметры настроены в нужном соотношении. Все колеса, движки и турбины настраиваются в процентном соотношении и только после этого крутится руль. У каждого атрибута в машине есть номер и его функциональность определяется процентом от 1 до 1000. В этом и суть гоночных авто. Для начала тебе нужно понять это и еще то, что есть множество режимов – езда, полет, плаванье. Кроме того, эта машина нам не подходит. Здесь всё слишком автоматично устроено. Нои не сможет её усовершенствовать.

Джо недовольно вылез. Он представил, как на первом же заезде на него смотрит Элира Брайт, а он не может даже руль повернуть и все гоночные машины вырываются вперед, оставляя его позади.

- Сколько времени нужно, чтобы всё это освоить и довести до мастерства? – спросил он.

- И всей твоей жизни не хватит, - ответил пришелец, - но Нои скажет так… Нои очень повезло, что Джо Ди Маерс сделал его своим механиком, поэтому он для него всё устроит наилучшим образом.

Нои достал маленькую коробочку, открыл её и двумя пальцами достал крошечную пластинку, а затем прикрепил её к виску Джо.

- Нои купил это, когда был последний раз на Олерде лет сто назад, - сказал он,- модель не самая последняя, но сегодня Нои обновил библиотеку.

- Что это? – спросил Джо.

- Трансмиттер информации. Он передает содержание книг в твой мозг. Я загружу в тебя сто тридцать две тысячи учебников и руководств по технике управления гоночными авто и их конструкции. Плюс двадцать тысяч гоночных маневров. Я отобрал только лучшее накануне вечером. А… еще сотню тысяч книг об обитаемой вселенной. Так на всякий случай.

- Нои, - воскликнул Джо, что бы я без тебя делал?

Но в следующее мгновение где-то на заднем плане его сознания вспыхнул яркий свет. Ноги Джо подкосились, и он упал.

- Первый раз всегда так, - сказал пришелец, оправдываясь, - а может быть надо было не все сразу… Джо, ты в порядке?

Он присел, тряся его за плечи.

- Джо, Джо!

Гонщик открыл глаза и схватился за виски. У него голова шла кругом.

- Вроде жив, - ответил он и сел, - я долго был в обмороке?

- Несколько секунд.

- У меня такое ощущение, будто я был в отключке месяц.

Он медленно встал, а Нои выдохнул с облегчением.

- На мгновение Нои подумал, что убил самого Джо Ди Маерса.

Он спустил еще один автомобиль и усадил в него Джо.

- А теперь? – спросил он, - что ты видишь?

Несколько мгновений Джо смотрел на пустые экраны, а затем неожиданно для себя, будто по инерции включил их, повернул рычажки и завел двигатели один за другим. Информация приходила в его мозг откуда-то из подсознания. Он будто всю жизнь на этих машинах ездил.

- Седьмая Звезда! – воскликнул гонщик, медленно поворачивая руль и двигая авто назад, - теперь здесь всё имеет смысл.

Он медленно, но уверенно управлял автомобилем.

- Если всё так просто, - выезжая на прямую полосу сказал он, - почему все кто угодно не могут участвовать в гонках?

- Участвовать могут многие, но победить это другое дело. Мега Заезд — это турнир со множеством препятствий и неожиданных ситуаций, где машина и знания лишь атрибут. Гонщики должны быть генетически и энергетически сильны настолько, чтобы с максимальным успехом пройти все испытания. Они рискуют жизнью и многие из них не возвращаются. На дороге всё будет зависеть только от твоих личных качеств, навыков и внутренней силы. Да и еще от тренера… которого у нас нет.

- Мне не нужен тренер, - отмахнулся Джо, несясь вперед по пробной полосе и маневрируя как профессионал, - я уже сам всё умею.

Машина резко скакнула вверх и повернулась набок.

- Попробуй 159 на 112, 117 на 585, - сказал Нои, - представь, что ты един с машиной и управляй ею силой мысли.

Джо так и сделал. Машина выравняла ход.

Они подъехали к высоким стендам с висящими в воздухе машинами и вышли. Нои переходил от одной к другой, внимательно читая информацию.

Джо же остановился возле яркого красно-черного авто.

- Ух ты! – воскликнул он, - Нои посмотри! Осталось только выгравировать птице-ящера на капоте и будет то, что надо!

Механик приблизился к нему и его глаза увеличились, когда он принялся читать информационное табло.

- Сделан в Бирее, из черного металла Огры и кристаллов Лиры инженерами с Пури и Капы. Подходит, - кивнул он, - я нафарширую его так, что он будет летать лучше любой гирзы из Шилана.

- Что? – рассеяно спросил Джо, - хотя неважно. Назову его – Огненный Ящер!

Машина увеличилась и спустилась на дорогу. Они сели внутрь и сделали несколько кругов по павильону.

- Беру! – воскликнул Джо.

«Спасибо за покупку», - услышал он голос, который, казалось, исходил сразу отовсюду.

- Вот это денек, – Джо зевнул.

- Отправляйся-ка в отель, Джо и отдохни, - сказал Нои, - а Нои отгонит Ящера в мастерскую. Здесь многое нужно подправить.

- Спасибо, - сказал гонщик, повернувшись к пришельцу, - действительно спасибо, Нои. Если бы не ты, меня бы здесь не было.

Нои был так горд, как никогда в жизни.

Они оба были счастливы, что им удалось добиться участия в гонках. Не зная, что вселенная приготовила для них дальше, они с нетерпением ждали того, что будет впереди, осознавая, что будущее будет полно сюрпризов.

Глава 11

Тренер

- Сколько звёзд на небе?

- Бесконечность!

- А планет?

- Великое множество.

Джо было всего пять, когда отец усадил его в свое гуртовское гоночное авто и они помчались по пыльной дороге к горизонту, усыпанному мелким бисером звезд.

- А я смогу водить как ты?

- Конечно, - отец потрепал его по голове, - однажды ты будешь ехать так быстро, что дотянешься до звёзд, Джо, я тебе это обещаю.

Но какой-то навязчивый звук разбил этот прекрасный сон и заставил Джо открыть глаза. Это снова были новости.

- Никому неизвестный Джо Ди Маерс с планеты, которая, как считалось до этого, находится за пределами округа Ориона, двенадцать часов назад получил не только финансирование, но и полную легитимизацию своего участия в ежегодных гонках Мега Заезда с невероятными и даже можно сказать ошеломляющими преимуществами. Межзвездный Комитет решил, что в случае его победы планету ждёт не только водоснабжение, но и постоянное членство в округе Ориона Мальдоран с доступом ко всем фондам, программам и мероприятиям.

- Да, мальчик герой. Но что будет, если он проиграет?

- Герои не проигрывают, Лирта, даже когда проигрывают.

- Это точно, Пин. И, скажу честно, хоть я никогда и не делаю ставки, в этом году я сделаю одну - поставлю на него.

Дикторы смеялись и продолжали разговаривать. Улит выключил экран и присел на край кровати, глядя на непривычно бледное лицо Джо.

- Что такое?

- Они все верят в меня.

- Я тоже.

- Что, если я проиграю? - Джо поднялся и сел, - Что, если я не приду первым?

Улит печально улыбнулся.

- Ты же слышал - герои не проигрывают. А ты, мой маленький брат, уже герой.

Джо встал и подошел к зеркалу, глядя на себя.

- И всё же. Теперь от меня зависит слишком многое. А ты знаешь, как я это не люблю.

- Не накручивай себя, - Улит направился к выходу, - просто делай то, что любишь и умеешь.

- Я снова видел отца во сне, - сказал Джо и повернулся к нему, - мы снова ехали к звездам.

- Хм. Я никогда не вижу его.

- Представь, если бы он сейчас был здесь. Если бы он всё это видел? Что если сейчас где-то во вселенной он сидит, смотрит новости и думает – «Вот это мой мальчик!»

- Он бросил нас, Джо, он сбежал, - внезапно резко сказал Улит, - бросил нас и нашу планету, когда был нам так нужен. Даже если где-то он сейчас есть. Его нет. Для нас – нет.

Он развел руками, будто это было очевидно и, не желая дальше это обсуждать, вышел.

Джо оделся, умылся и вышел на убранную цветами террасу, где его, сидя за столом полным еды, ждали Улит и Нои. Дул легкий ветерок, а впереди открывался вид на океан, лодки, качающиеся на волнах и множество домиков на горе.

- Это ведь не настоящее? – Джо протянул руку и мираж задрожал.

- Лучше его не трогай.

Но Джо снова его тронул. Мираж поменялся и теперь они сидели посреди шумного города.

- Ух ты!

Снова - и вот они уже сидели на отшибе тихой уютной инопланетной деревушки. Ему надоело, и он сел.

- Вчера я просидел до полуночи, пытаясь найти нам тренера, - сказал Улит, - Все они требуют баснословный первый взнос и не меньше 20% выигрыша. 20% мы им отдадим, но взнос — это проблема.

- Да, - согласился Нои, - его мы себе позволить не можем.

- Но, читая информацию о значении тренеров, я наткнулся на имя одного из них, который не так давно… лет сорок назад был легендой.

Глаза Нои стали увеличиваться.

- Его звали Притмут Уолш с планеты Манзур.

- Ааа Притмут! – Джо захлопал в ладоши и его глаза загорелись, - только он ведь уже давно не в бизнесе?

- Да, но он вытянул шесть чемпионов подряд. Такого не удавалось никому. Ни одному тренеру. Вытянуть одного это уже удача подобная выигрышу в лотерее Мега Заезда. Но он вытянул шестерых! А потом исчез. И - ни одного интервью, ни одной фотографии, ни одного слова репортерам. Естественно, он теперь один из самых богатых граждан вселенной и деньги его больше не интересуют. Но меня заинтересовало – почему он исчез?

Нои покачал головой.

- Не годится. Он убил его!

- Кого? – спросил Джо, решая, что еще съесть.

- Седьмой игрок погиб, так и не добравшись до финиша, - сказал Улит, - не по его вине конечно.

- А по чьей же? - не унимался Нои.

- Десятки игроков умирают каждый год. Они все знают на что идут, - отмахнулся Джо.

- Но он же тренер!

- Да, и, вероятно, он думал также. Скорее всего, винил себя за это и исчез, - сказал Улит.

- Я даже не знал, что он сам еще жив, - хохотнул Джо, - но что нам с этого?

- Я написал ему, - сказал Улит, - от твоего имени. Рассказал про Мельгеру и про воду. И про то, как восхищаюсь его успехами.

Улит замолчал. Нои старался удержать глаза на месте, а Джо ел всё что было на столе, то и дело поглядывая на брата.

- Он ответил, - коротко бросил Улит.

- Седьмая Звезда! – Джо засмеялся как ребенок, тряся кудрями.

- Да, сразу ответил, и часа не прошло. Сказал, что в курсе нашей ситуации и возьмет нас без первого взноса.

- Но он же убил его! – заорал Нои, - говорят он больной психопат!

- Меня он не убьет, - отмахнулся Джо.

- Может на этот раз он просто хочет искупить свою вину? – предположил Улит.

- Ценой жизни Джо? – негодованию Нои не было предела.

- Так или иначе - вам решать, - подняв руки, сказал Улит, - другого тренера нам не найти.

- Нои категорически против, - повысив голос сказал инопланетянин, - Джо Ди Маерс должен жить! Он – герой вселенной!

- Да ладно тебе, Нои, - сказал Джо, - я же все равно не проживу тысячу лет как ты. Мне и так недолго осталось. Я считай в сравнении с тобой букашка. Так что я согласен.

- Значит, двое против одного, - сказал Улит.

- Он же твой брат, – настаивал Нои, - вы же выросли вместе!

- Да и как его брат, я думаю, что стоит попробовать. Так или иначе шесть игроков пришли к финишу целыми и невредимыми.

Нои забормотал что-то на неизвестном им языке, а затем встал и вышел.

- Если я сейчас отвечу на его письмо, он будет здесь уже через час.

- Отлично, значит так и сделай - просто пожал плечами Джо и впихнул в рот еще одно пирожное, а затем схватился за живот, - кажется я объелся.

Улит забарабанил пальцами по экрану над своим браслетом.

- Называй его только тренер Притмут, это принятая форма обращения. И помни, что ты написал от своего имени. Я тут ни при чем.

- Понял, - сказал Джо.

- Во всех заездах, как пробных, так и настоящих, с тобой на связи будут только тренер и механик, не считая других игроков, конечно. Тренер будет видеть и читать карты. Они появляются постепенно по несколько миль по мере прохождения трассы. Кроме того, он будет диктовать настройки машины для большей эффективности. Следовать им или нет – выбираешь ты. Машина в случае поломки телепортируется в мастерскую, где Нои её ремонтирует, но это, конечно, задерживает тебя на трассе.

- Ага. Всё просто, - сказал Джо зевая.

- Если ты займешь четвертое место, то не получишь ничего, - продолжил Улит, - Третье – довольно большой денежный приз. Второе - обеспечит тебе безбедную жизнь на лучших планетах вселенной до конца твоих дней. Но первое… это куш достойный покупать и продавать будущее целых планет. Только он поможет тебе спасти Мельгеру.

- Понял, - кивнул Джо.

- Ты пробовал вчера водить гоночную? – осторожно спросил Улит.

- Да, - с гордостью ответил молодой человек, - вожу как бог!

- Ок, - с облегчением выдохнул Улит, - потому что у тебя всего сутки до первого заезда.

- Не беспокойся, брат, всё будет в лучшем виде.

Джо встал, насвистывая свою любимую песенку.

- Ну что, пойдем?

Но Улит остался сидеть на месте.

- Дальше ты сам, Джо, - сказал он, - я сделал для тебя всё, что мог. А теперь я буду просто сидеть здесь и наблюдать за происходящим.

- Ну как знаешь.

Джо подмигнул Улиту и крикнул:

- Павильон!

В следующее мгновение звук проносящихся мимо машин заглушил пространство. Джо появился и огляделся. Тренера еще не было. «Интересно как он выглядит?» - подумал Джо, рассматривая всех присутствующих. Но его мысли пропали все разом, когда взгляд наткнулся на Элиру Брайт.

Она стояла совсем одна в отдалении и с мягкой улыбкой смотрела на трассу. Короткое белое платье, будто сделанное из пластика, так шло ей к лицу и длинным льняным волосам, а высокие сапожки дополняли образ.

По телу Джо пробежал легкий трепет, но он взял себя в руки и направился к ней. Девушка была так увлечена, что не заметила, как он подошел.

- Насколько это скучно? – спросил он, встав рядом и глядя туда, куда смотрела она.

Элира вздрогнула и повернулась к нему.

- Насколько это скучно? Награждать победителей Мега Заезда? – повторил Джо.

Она застенчиво улыбнулась и слегка покраснела.

- По десятибалльной шкале от одного до десяти? – настаивал он.

- 5-6 наверное… - нехотя ответила девушка.

- Я так и думал, - возмущенно тряхнул кудрями Джо, - ты мечтала о большем!

- Отец сказал, что я должна идти по его стопам, - сказала Элира, глядя на киборга вдалеке.

- А о чем ты мечтала на самом деле?

- Стать пилотом космических кораблей.

Гонщик наклонился к её уху и прошептал.

- Тогда давай угоним один из них прямо сейчас и умчимся подальше от всей этой скукоты?

Она засмеялась звонким смехом. А он раскинул руки и снова скрестил их на груди.

- Я хороший гонщик. Помчимся так быстро, что они нас не догонят. Потом, когда будет уже поздно, не говори, что я не предлагал, ладно?

- Джо Ди Маерс, - сказала девушка, - в этом году все говорят только о тебе.

- А знаешь кто мой тренер?

Элира сощурила глаза, будто читая что-то перед своим внутренним взором.

- Быть этого не может!

- Так и есть. Легендарный Притмут Уолш, – кивнул Джо.

- Не могу поверить, что он вернулся, – воскликнула девушка, - как тебе удалось его заполучить?

- Я могу заполучить всё, что захочу, - сказал Джо, - например, сегодня вечером мы пойдем ужинать вместе.

Элира засмеялась.

- Может тебе стоит начать с чего-нибудь попроще… например с победы в Мега Заезде?

- Ага, я понял. Папа не разрешает.

- Что? – возмутилась Элира, - мне уже шестнадцать. Могу делать всё, что захочу.

- И всё же влияние отца очевидно.

- А твой отец вообще кто? – спросила она возмущенно.

- Гонщик из гетто. Бросил всю семью, когда мне было семь.

Улыбка Элиры сползла с её лица.

- О, мне так жаль… извини, я не хотела…

- Теперь ты должна поужинать со мной хотя бы из жалости, - сказал Джо серьезно.

Элира снова засмеялась, но за спиной у Джо раздался низкий резкий и хриплый голос.

- Гонщик Маерс!

Джо повернулся. К нему приближался высокий зеленый пришелец с лысой круглой головой. Телом и видом он был похож на слизня, одетого в длинный пиджак. Его четыре толстые ноги, подобные хвостам улиток волочились по полу, когда он двигался вперед, оставляя позади влажный след. Глаза огромные навыкате, еще страшнее, чем у Нои, а во рту дымящаяся длинная трубка.

- Тренер Притмут, - пролепетала Элира.

Но он её присутствие проигнорировал, вперив жесткий взгляд в Джо.

- Что, малыш, удивлен? Ты думал во вселенной все двуногие, как ты, да?

Джо, которому внезапно стало страшно, отрицательно замотал головой.

- Многие специально меняют свой облик, подстраивают его под других. Но я против этого, потому что нужно видеть вещи такими какие они есть, принимать их такими, какие они есть, и иметь с этим дело.

Джо протянул ему дрожащую руку, но тренер проплыл мимо и двинулся вперед.

- До вечера, - шепнул Джо Элире и последовал за пришельцем.

- Скажу честно, я бы никогда не согласился, - продолжал слизень, - Особенно потому, что ты яйца выеденного не стоишь. Это сразу видно. Но когда я услышал про воду и про планету... я почти прослезился. Не думаю, что ты придумал это всё сам. По одному взгляду на тебя понятно. Но, звездные небеса, парнишка, ради этого стоит бороться.

Он остановился и перекинул трубку с левого уголка губ в правое.

- На глотни, - он кинул Джо флягу, - не бойся, просто попробуй.

Джо осторожно взял флягу в руки и сделал глоток. Это было вкусно, ужасно вкусно.

- Что это? – спросил он.

- Вода, мальчик мой, она самая. Вот такой она и должна быть на вкус. Ты ведь никогда не пробовал, да?

И Джо осознал, что действительно никогда чистой воды не пробовал. За все время, проведенное на Агарне, он пил только фруктовые соки и горячие смузи. Не говоря уже о том, что всю жизнь до этого глотал только влажную пыль на Мельгере. А это... он даже не мог объяснить, на что это было похоже.

- Чистая вода с планеты Фаи, - сказал Тренер, - заказываю её вагонами. Но суть не в этом, а в том, что ты здесь ради неё.

Он сделал паузу, наблюдая за Джо и не отрывая от него взгляда. Затем закурил и выдохнул облако дыма.

- Я курю специи... доктор прописал. Боль в пояснице и всё такое, - пояснил он, будто Джо спрашивал, - Старость приходит ко всем без исключения. И когда она приходит, ты смотришь назад и видишь, что и когда ты делал и ради чего ты жил. Ты видишь все свои победы и промахи... и поверь мне, победы - как будто обычное дело. Ты ими даже не гордишься. Но промахи, - он покачал головой, - нет... нет... нет... это гложет тебя, не давая покоя. И, если ты проиграешь, малыш, поверь мне, твоя старость будет хуже, чем пекло Винаки.

Джо не знал, чем это было, но когда он представил, то почувствовал, что впервые за всё время ему стало страшно за себя и свое будущее. Так страшно, что у него коленки задрожали.

- А вода, - продолжил тренер, - её так и не попробуют миллиарды.

Он резко выдернул из рук Джо флягу.

- Мелкий ты щенок, - чуть ли не со злостью гаркнул тренер, - они все смотрят на тебя! Вся вселенная, включает каналы, чтобы посмотреть, как ты, маленький легкомысленный чертенок из гетто, нечаянно впутался в великие игры ее бытия!

- Но это был даже не я, - промямлил Джо оправдываясь, - это мой брат Улит. Он...

- Ты уже даже сейчас не в состоянии взять на себя даже самую ничтожную ответственность, разочарованно гаркнул Притмут, - что уж говорить о судьбах планет, которые ты решаешь! Скажу тебе только, что Вселенная всегда ведет диалог только с тобой лично, и ни с кем другим, - он ткнул молодого человека в грудь, - Все персонажи твоей судьбы – лишь декорации. Но объяснять что-либо тебе, никудышный сопляк, видимо, нет смысла. Где твое жалкое авто?

- Моя машина, Нои, она готова? – испуганно зашептал гонщик, отвернувшись и нажав кнопку на своем браслете.

- Сейчас телепортирую, - ответил Нои кратко и отключился.

Перед Притмутом появилось авто с птице-ящером на капоте. Он выдыхал столб огня, на котором виднелась надпись «Огненный ящер». Слизень нахмурился и покачал головой, а затем осмотрел её со всех сторон с видом знатока.

- Сносно, - сказал он, - кто усовершенствовал её?
- Мой механик Нои.

- Ной Хьюит, - Притмут втянул дым и выдохнул, читая что-то перед своим взором, - талантливый олердеанец.

Джо почувствовал стыд за то, что хвалили не его и что он, по всей видимости, не так хорош.

- Вот, держи, - тренер запустил руку в карман пиджака, достал маленький прибор и кольнул Джо в ухо. Он сделал это так быстро, что гонщик подпрыгнул на месте не от боли, а от неожиданности.

- Что это? – испуганно отпрыгнув, заорал он, - что вы со мной сделали?

- Пугаешься как мелкая гирза, - презрительно сказал тренер, - я установил временный имплант в твое ухо. Это обязательно для всех гонщиков с тренерами. В нем сто два канала. Сто гонщиков, я и Ной. Теперь, когда ты на дороге, ты сможешь переключать их и связываться с любым из гонщиков, а также о мной или с Ной, просто в уме назвав нас по имени.

- А… понятно, - ответил Джо все еще дрожа и сел в машину.

- Езжай, - кивнул головой слизень, - десять раз по кругу павильона.

Гонщик сел, завел машину и поехал. Только он отдалился на десять метров, как почувствовал облегчение. Когда тренер был рядом, реальность будто электризовалась и он чувствовал страх и напряжение, но стоило немного отдалиться…

- Маерс! – раздался звук у него в ушах и страх вернулся.

- Да, тренер Притмут.

- Я сказал тебе ехать, а не тащится как муравей.

- Я вроде так и делаю.

Джо ехал вокруг, делая круг за кругом. Он прибавил скорости, и машина поднялась в воздух.

- Я буду говорить тебе настройки. Посмотрим на твою реакцию.

- Понял.

- 75 to 132, 356 to 454, 95 to 117… - затараторил тренер быстро.

Джо занервничал, но собрал всю свою концентрацию вместе и быстро следовал всему, что он говорит. Машина взревела и понеслась в воздухе на огромной скорости вверх и вниз вокруг столбов стадиона. Джо еле увиливал, когда встречные авто то и дело попадались на его пути. А тренер продолжал диктовать настройки.

Все, кто стоял внизу, подняли головы вверх, наблюдая за машиной Джо, которая двигалась так быстро, что её почти невозможно было и глазом поймать. Элира, стоявшая в толпе, оглянулась вокруг. Они глаз от него оторвать не могли.

- Теперь посложнее, - сказал тренер, - 800 на 19, 378 на 745, 212 на 54...

Толпа только лишь издавала то испуганные, то облегченные возгласы, когда Джо увиливал от препятствий.

- Притмут Уолш вернулся, - крикнул кто-то, - а его гонщик - это ведь тот самый Джо Ди Маерс?

Джо завис в воздухе, и толпа зааплодировала.

- Возвращайся, - сказал Притмут, - а не то они уже прямо здесь делать ставки начнут.

Джо медленно спустился и скромно припарковался в углу, а затем вылез и подбежал к тренеру. Позади него аплодировали, но гонщик этого даже не заметил. Он дышал так, будто пробежал несколько километров без продыху и пот градом тек с его лица.

- Ну как? – взволнованно спросил он.
- Ты никудышный гонщик, - заключил тренер твердо.

Джо замер от негодования, будто кто-то окатил его ледяной водой и надел ведро на голову. Но тренеру было все равно. Он медленно двигался вперед, оставляя за собой влажный след. Джо побежал за ним.

- Но, тренер Притмут, если я недостаточно хорош, может мы еще потренируемся? Время ведь есть!

- Дело не во времени, гонщик Маерс. У некоторых его целая вечность. Дело в том, что ты с ним делаешь и чем наполняешь. А мое время стоит дорого и сегодня я потратил его на тебя достаточно.

Он поднял руку вверх, когда Джо хотел что-то сказать, и проплыл мимо, оставляя его позади.

Джо был зол. Он ведь так старался! Но когда он повернулся, то увидел, что весь стадион смотрит только на него. Он тряхнул кудрями и на его лице появилась его заготовленная улыбка чемпиона, и это сладкое чувство всеобщего обожания снова окатило его теплой волной.

Глава 12

Гусеница

Однако не все, кто восхищается, желает успеха. Джо понял это по взглядам, которые бросали на него некоторые гонщики. Он еще не выехал на гоночную трассу, а они уже завидовали ему, вероятно желая поражения. Но это совсем недолго занимало его мысли. Он пробегал глазами по стадиону вдоль и поперек в поисках Элиры, но её нигде не было.

- Джо? – услышал он и обернулся.

Перед ним стояли двое молодых людей и приветливо улыбались. Они были на несколько лет старше его. Один высокий с красивым лицом и аккуратно уложенными волосами, приглаженными гелем.

- Вут Хангер, - представился он и протянул руку, - из набора профессионалов. Трёхкратный чемпион лиги Дормарта, два заезда на Роленде и пятнадцать побед в местных гонках. А ты тот еще «счастливчик», верно?

Он подмигнул. Второй пониже коренастого телосложения рассматривал Джо с нескрываемым интересом.

- Бинни Джус, тоже «про» - сказал он с усмешкой, - свои победы перечислять не буду, но их раз в десять больше, чем у Вута.

- Не ври, - засмеялся Вут, - он проиграл мне в Дормарте два года назад.

- Ага, - сказал Джо, пожимая им руки, - а я пару раз выиграл в гуртовских заездах.

- Все мы с чего-то начинали, - понимающе кивнул Вут, - так или иначе ты уже легенда. Хотя если проиграешь…, - он замялся и покачал головой.

- Ты шутишь? С ним же Притмут Уолш, - развел руками Бинни.

- И как тебе удалось его заполучить? – недоумевал Вут.

Кто-то окликнул их.

- Что ж, Джо,- сказал Бинни, - приятно было познакомиться, - я здесь с братом. Его зовут Харви. Он только о тебе и говорит. Приходи вечером в бар Гусеница, если хочешь расслабиться перед первым заездом. Там собираются все участники Мега Заезда.

- Спасибо, - Джо махнул им на прощанье, и они ушли.

«Бар Гусеница?» - подумал он, - «неудачное название для места развлечения гонщиков».

Джо заметил, что павильон пустеет и двинулся за толпой. Он вспомнил, что по графику было ориентационное собрание.

Они вошли в красивое высокое здание. Там собрались все сто гонщиков Мега Заезда. Это был крытый зал подобный оранжерее с высокими потолками и ступенчатыми рядами, над которыми крутились, мчались и преодолевали препятствия на голограммических трассах миниатюрные гоночные машины.

Гонщики сидели или лежали на мягких креслах и смотрели на миниатюрное шоу, которое разыгрывалось над их головами. В переднем ряду Джо увидел Элиру. Она беседовала с молодым гонщиком и улыбалась. В два счета преодолев несколько десятков рядов Джо оказался рядом с ними.

- Не хочу перебивать вашу беседу, - сказал он вежливо молодому человеку, - но вас просят пройти в регистрационный зал.

- Что правда? Ладно, - удивился гонщик.

Он поднялся и направился к выходу. Элира недоверчиво нахмурилась. Джо улегся в его кресле и, закинув руки за голову сладко улыбнулся.

- Врунишка, - сказала Элира, - и тебе не стыдно?

- Ни чуточки, - сказал Джо и тряхнул кудрями, а потом принял серьезный вид – значит, на чем мы остановились? Космические корабли, да? И куда бы ты отправилась будь у тебя свой собственный?

Элира задумалась.

- В мир богов, конечно - сказала она, понизив голос будто по секрету, - в Лагру.

- Пффф… её не существует, – хохотнул Джо, - говорят её выдумали.

Но Элира покачала головой.

- Не выдумали. И сегодня ты получишь этому доказательство.

Джо вспомнил уроки вселенографии, которые изучал в школе. Всего в Эльгере, известной вселенной, было четыре области – Мальдоран, Дормарт, Гратея и X2, но многие верили, что существовала пятая - Лагра. Никто там никогда не был, но об этом месте ходило столько невероятных легенд, что её называли миром богов.

- Я кое-что вижу…, - внезапно сказал Джо. Он дотронулся пальцами до висков и закрыл глаза, - Седьмая Звезда! Кажется, я вижу будущее.

Элира засмеялась.

- И что там?

- Там… Лагра и боги…

- Ммм…, - Элира закрыла глаза и легла в кресле, будто тоже представляя это.

- Города неописуемой красоты... Водопады желаний, где любая мысль становится материальной...

- Существа, каких не видел никто в Орионе, - добавила девушка.

- Ой постой... я вижу там кое-то еще, - сказал Джо.

- Что?

- Там я и ты, – сказал он.

Элира засмеялась.

- Серьезно! И мы говорим богам - хватить жить только в нашем воображении! Появитесь уже в реальном мире!

- Да ну тебя, - Элира хлопнула его по плечу, - ты ничего не знаешь о реальном мире.

Джо захохотал.

- Их не существует. Богов нет. Нет никакой Лагры.

- Тшшш..., - Элира приложила палец к губам.

Зал стих. На сцену перед ними вышел координатор Тьюи, а вместе с ним киборг, которого Джо видел в павильоне. Его железное тело было покрыто кожей в нескольких местах, а половина лица светилась лазурным светом сквозь белое пластиковое покрытие.

Тьюи улыбнулся и перед ним в воздухе завис маленький микрофон.

- Приветствую всех вас на ориентационном собрании! – произнес он так громко как только мог, - Всех «профессионалов»!

Ползала ответило радостными возгласами.

- И всех «счастливчиков»!

Счастливчики зашумели и засвистели, а кто-то топал ногами и хлопал.

- У вас получилось! Вы все добились этого! Вы вошли в сотню избранных Межзвездного Мега Заезда! В сотню избранных Ориона и самой Вселенной!

Зал потонул в еще более громком шуме.

- Позвольте представить вам господина Джада Кракета Брайт, - он указал на киборга, - он является президентом межзвездного гоночного комитета.

- Мой отец, - шепнула Элира, с обожанием глядя на киборга.

- Который не разрешает тебе водить космические корабли, - буркнул Джо.

На мгновение он представил, как и его отец стоит на этой сцене. Что бы он сказал?

- Джад, ребята, как профессионалы, так и счастливчики, наверняка имеют представление о гонках Мега Заезда. Но они и вообразить не могут, что их ждет завтра. Расскажи же нам, чего они не знают и что должны ожидать?

Киборг кивнул.

- Исконно, уже много столетий гонки Мега Заезда проводятся при поддержке Межзвездного Комитета на его территории, - сказал он и сощурил глаза, будто сканируя зал, - В этом году особая благодарность главе комитета Ульке Лирит и членам гоночной ассоциации, которые находят спонсоров и продолжают финансирование и усовершенствование этого великого мероприятия.

Зал похлопал.

- Джад, Джад, - перебил его Тьюи, - скажу ребятам сразу, что этот год особенный.

Киборг кивнул.

- В этом году мы приготовили для вас сюрприз, достойный того, чтобы имя каждого из вас вошло в историю.

- Да, - протянул Тьюи, - в этом году вас ждет нечто, чего никогда не было раньше!

- Комитет решил вывести гонки на новый уровень, - продолжил Джад, - скажу вам честно мы готовились к этому очень давно и вот время пришло.

Они сделали паузу на мгновение, а по залу прошел легкий шум.

- Не тяни, Джад, - Тьюи слегка толкнул его кулаком в плечо, и киборг улыбнулся, - что ж, вы готовы? – спросил он громко.

- Да! – ответил хором зал.

- Межзвёздный комитет заключил договор с главой корпорации «Играй как Боги», - сказал киборг, - И теперь все препятствия на вашей гоночной трассе будут организованы ими. А это совершенно новый уровень. Настолько, что вы, да и мы тоже, даже представить не можем, что нас ждет. Эти ребята в своем деле…, - Джад покачал головой, - вершина вершин. Их технологии засекречены и нам неизвестны. Мало кто из вас знает, но корпорация «Играй как Боги» основана лагрийцем, а это значит, что вам придется, хотите вы или нет в буквальном смысле играть как боги.

Зал зашумел, а Джо широко открыл глаза от удивления.

- Седьмая Звезда!

- Я же тебе говорила, - прошептала Элира, - Лагра существует.

Тьюи поднял руку вверх, пытаясь успокоить зал.

- Но, перейду к сути и правилам, - взгляд Джада скользнул по Элире, а затем остановился и задержался на Джо, отчего молодому человеку стало неловко, - Правила просты. Вы будете ехать по огромной и мощной голограмме, которая для вас будет реальней, чем всё, с чем вы сталкивались до этого. Гонки состоят из трех заездов. Первый отсеет пятьдесят из вас так что во второй попадет только половина. А в третий лишь двадцать пять. Но только третий заезд будет иметь значение и определит победителей!

- Да, - добавил Тьюи, - маленькая деталь. Менять авто можно только после окончания текущего тура, поэтому вам понадобиться не только мастерство, но и удача.

Он говорил, но в зале продолжалось полу громкое обсуждение сказанного.

- Каждый заезд не только проверяет вас на скорость, - продолжил Джад, - но состоит из ряда всё более сложных препятствий. Вам нужно преодолеть всё, с чем вы столкнетесь и прийти к финишу, который состоит из двух барьеров. Если вы преодолеете первый барьер третьего заезда первым, то займете второе место автоматически. Но только лишь преодолев второй барьер первым вы займете первое место. Второй барьер – вот ваша цель!

Он сделал паузу и оглядел гонщиков. Все присутствующие в зале знали правила. Но новости об обновлениях устроенных лагрийцами, казалось, потрясли всех. Когда они мало-помалу утихли, Джад продолжил.

- Вы все знаете, что рискуете жизнью. Но в этом году и это тоже выходит на новый уровень.

Перед гонщиками в воздухе появилась миниатюрная гоночная трасса.

- Если раньше опасность представляли только препятствия на дороге, то в этом году в дополнение к ним вас ждет нечто поистине ужасное.

Мини трассу со всех сторон обволокло нечто темное.

Джо нахмурился.

- Это нечто, что лагрийцы называют «мрак». Никто точно не знает, что это, но попав туда вы моментально умрете. Мрак будет находиться внутри трассы и будет плотно обволакивать ее снаружи. Именно поэтому вам нужно проявить всё свое мастерство управления гоночным авто, чтобы этого не случилось.

- Джад, - сказал Тьюи, - даже мне сейчас стало страшно. Говорят, скопление «мрака» видели только в пределах Дормарта и это совсем нехороший знак.

- Да, - согласился Джад, - я тоже ребятам не завидую, - но все «за» и «против» были тщательно рассмотрены Межзвёздным Комитетом. Договор с главой корпорации «Играй как боги» был подписан и заключен на многие годы вперед. А опробовать новую трассу придется вам.

По голосам, раздающимся из зала, Джо понял, что не все были рады этим новостям. Но он сам подумал, что это было очень даже захватывающе.

- Как вы знаете, карты трассы открываются постепенно по мере прохождения. Если у вас есть тренер, то карты будут только у него. Таков договор. Он будет координировать ваше прохождение и направлять вас. А если вы сами – всё в ваших руках.

- А теперь, - чуть ли не крикнул Тьюи, - то, чего вы так ждали!

Раздалась барабанная дробь и на сцену выбежал, а затем прыгнул и остановился невысокий пришелец.

- Позвольте представить вам Лууууууди Стаааааара! Победителя прошлого чемпионата!

Гонщики повскакивали с мест. Они орали так громко, что Элира зажала уши. Джо же прыгал на месте и старался изо всех сил перекричать остальных. Это длилось довольно долго. Но это же был сам Луди Стар!

Подняв руки над головой, чемпион крутился на месте, наслаждаясь моментом. Наконец, они стихли, и он, с благодарностью сложив ладони вместе, поклонился и присел на невидимый стул.

- Скажу сразу - вам это не понравится, - сказал он серьезно, как отрезал - все ваши прежние гонки – забудьте! Вас ждет отчаяние и боль, - он развел руками, - и не говорите, что я вас не предупреждал. Это только на экранах смотрится красиво. Но в жизни – всё гораздо хуже!

- Луди – ты лучший! – то и дело кричали из зала, - ты мой кумир! Лууууууууди! Стаааааар!

- Помните, главное – спокойствие и концентрация. А еще – слушайте тренера. У них чутье, знают, что и как. На дороге сложно сориентироваться, но главное… главное там – найти себя. Там вы встретите совсем другую версию себя и увидите, чего она стоит. Но я прошел через это – значит и вы сможете!

- Луди мы любим тебя! Стар – ты лучший!

- Пустоголовые «счастливчики», - услышал Джо позади себя женский голос - даже послушать не дают. Зачем их вообще сюда пускают? Все знают, что в гонках они только для того, чтобы создать контраст профессионалам.

Джо обернулся. Это была красивая худая пришелица с острым почти злым взглядом, оранжевыми волосами в мелкую кучеряшку и изящными руками, которыми она подпирала заостренный подбородок.

- Что смотришь? – грубо спросила она, заметив взгляд Джо - ты и до середины первого заезда не дотянешь. Обещаю.

Гонщик скривил рожу и показал ей язык, а затем захихикал и повернулся к Элире.

- Это Марва Танто, очень серьезная соперница, - шепнула она, - попала в семерку прошлогоднего финала.

Луди Стар поднялся и под оглушительный ор зала, ушел со сцены.

- Что ж, - сказал Тьюи, - мне даже и добавить нечего. Только то, что… вперед ребята! Вершите историю! Что скажешь на дорожку нашим гонщикам, Джад?

- Помните, зачем вы здесь, - серьезно сказал киборг, - особенно, когда будете на трассе. И не сдавайтесь!

Зал снова заорал. А когда Джад и Тьюи ушли со сцены, все стали медленно расходиться.

- Ну что? – Джо повернулся к Элире, - пойдем в бар «Гусеница»?

Элира скривилась.

-Только не туда.

- Почему нет? Давай, там будет весело.

- Я думаю тебе лучше отдохнуть и выспаться перед завтрашним заездом, - сказала Элира.

- Да брось, мы только зайдем на минутку и всё. Говорят, там будут все самые крутые гонщики.

Лицо Элиры выразило сомнение.

- Не могу, - твердо сказала она.

Джо вздохнул. Ему так хотелось взять её за руку, остановить, пообщаться еще, но она собиралась уйти.

- Ты выглядишь красивее…, - внезапно сказал он.

- Красивее, чем кто?

- Чем твоё изображение на плакате в моей комнате.

Элира застенчиво улыбнулась и покраснела, а затем, желая это скрыть, отвернулась.

- До встречи, - сказала она, - и… будь осторожен там в баре.

Он смотрел, как она отдаляется, на её лёгкую походку, длинные льняные волосы и впервые за долгое время почувствовал себя одиноким. Он должен был победить, чтобы выиграть эту возможность просто с ней общаться.

- Джо, как прошло ориентационное собрание? – услышал гонщик голос Улита, исходящий из браслета на его руке.

- Просто отпад, - засмеялся молодой человек, - они усложнили трассу и условия.

- Хм, думаешь справишься?

- Шутишь? Я был рождён для этого!

- Отлично, тогда возвращайся в отель скорее.

- Не могу. Нужно кое-куда заглянуть.

- Куда?

- Так. Не важно.

- Джо, - в голосе Улита прозвучало беспокойство, - тебе нужно отдохнуть перед заездом.

- Не будь занудой, Улит. Ты меня знаешь. Я само воплощение самоконтроля и дисциплины.

В ответ раздался лишь недоверчивый вздох. Джо хохотнул.

- Ладно, только возвращайся как можно скорее. Меня пригласили на Золотую Трибуну. Я хотел тебе про неё рассказать.

- Что это?

- Место собрания избранного общества Ориона, где они наблюдают за гонками. Элита так сказать. Ума не приложу, почему они меня туда пригласили.

- Да брось. Ты же мой большой брат. Тебе все двери во вселенной должны быть открыты.

- Ладно, Джо. Возвращайся в отель скорее и мы поговорим. Ок?

- Будет сделано… эээ… Улит?!

- Что?

- Ты знал, что Лагра существует? Как это сказать… на самом деле?

- Не верил до сегодняшнего дня, пока не посмотрел новости. Оказывается, корпорация «Играй как боги» принадлежит лагрийцу. У меня до сих пор сомнения на этот счет.

- А, по-моему, это потрясающе, – восхищенно произнес Джо.

- Не уверен, что так. Мы ведь не знаем, чего от них ожидать.

- Ожидай моей победы, братец, вот и всё!

Джо снова засмеялся и отключил звонок. Он уже чувствовал себя победителем. Он общался с девушкой, которая ему нравилась. Он получил лучшего тренера из всех возможных, а теперь еще и участвовал в гонках, устроенных богами. С легкой душой он телепортировался в новое место.

Бар был в прямом смысле похож на гусеницу. Это здание с этажами которые наслаивались один на другой, сгибалось в десять раз и то и дело превращалось в гусеницу с неоновой кожей, которая медленно ползла по периметру городка гонщиков.

Ко входу стекалось множество пришельцев. Среди них были как счастливчики, так и профессионалы. Многие узнавали Джо, приветствовали и махали ему руками, хотя он не знал никого.

Внутри было прохладно и слишком хорошо, настолько, что ему сразу захотелось остаться здесь как можно дольше. Джо уселся за стойку и стал осматривать присутствующих.

К нему подъехал роботоподобный бармен в пестром костюме. Его улыбка была слишком широкой и подозрительной, как будто он задумал что-то, но не собирался раскрывать карты.

- Джо ди Маерс, - улыбнулся он, протирая стакан тряпкой.

- Он самый.

- Добро пожаловать в бар «Гусеница». Все здесь только о тебе и говорят. Что будешь пить?

- Воду, пожалуйста.

С того самого момента, как тренер Притмут угостил его ею, Джо всё думал о том, что хотел бы снова её попробовать.

- С какой планеты? – спросил бармен, - у меня 815 видов. Всё только лучшее, конечно.

- С Фаи.

- Прекрасный выбор.

Перед ним появился стакан воды. Джо выпил разом.

- Еще, - попросил он.

- Ага, - бармен снова улыбнулся, - значит, всё правду говорят. Ты здесь ради неё.

Но Джо не успел ответить, когда перед ним возникла молодая девушка и села рядом.

У неё были длинные черные волосы, заплетенные в косу и непривычно большие, но очень красивые глаза с чистым взглядом. Она смотрела на него чуть ли не влюбленными глазами. И от этого гонщику стало неуютно.

- Привет, Джо,- сказала она, - я давно за тобой наблюдаю. С самого первого дня, как увидела тебя в новостях.

- Правда? - ответил гонщик, - а мы знакомы?

- Еще нет. Я Хэльга Лутто, - она протянула ему руку, - обо мне ты вряд ли слышал, но тебя здесь уже все знают.

Джо самодовольно улыбнулся и тряхнул кудрями.

- Ты из счастливчиков? – спросил он.

- Нет, из профессионалов. Но это ни о чем не говорит. В Мега Заезде у всех шансы равны.

- А я другое слышал. Говорят, никто из нас не дотянет даже до второго заезда.

- Неправда, - покачала головой Хэльга, - Майр Равтер был счастливчиком и в 17425-м году попал в десятку чемпионов третьего заезда.

- Что ж, это меня немного успокаивает, - сказал Джо и хлебнул воды.

- Как бы там ни было, Джо, - сказала Хэльга, - когда я услышала, почему ты здесь…

- Да, да. Ты подумала «как это благородно!»

- Точно, - девушка смущенно опустила взгляд, но затем посмотрела на него проникновенно и серьезно, - я верю, что твоя победа будет огромным шагом для всех планет периферии Ориона! То, что ты делаешь это…

Но Джо, казалось, даже не слушал. Он рассматривал зал и всех присутствующих в нем. Хэльга поняла это и вздохнула.

- Я только хотела сказать, что надеюсь - там на дороге… мы будем друзьями?

Наконец Джо посмотрел на неё.

- Это редкость, конечно… на дороге не бывает друзей, - пролепетала она, - но, я хотела, чтобы ты знал…

-Джо!

Она не успела закончить то, что говорила, когда к ним подошли Вут, Бинни и некто с лицом, полностью покрытым наколками.

- Это мой брат – Харви, - представил его Бинни, а затем шепнул - твой поклонник.

На Харви была кепка и майка с изображением Джо. Вместо приветствия он нажал кнопку на плече и громки голос завопил - «Вперед, Джо, вперед!», что заставило всех вокруг смеяться чуть ли не до слез.

Джо был искренне рад их видеть, ведь они были настоящими чемпионами и с ними рядом он чувствовал себя таким же.

- А это..., - Джо повернулся, ища глазами девушку, имя которой он уже забыл, но она исчезла.

- Пойдем, - шепнул Бинни, - нечего сидеть здесь с неудачниками.

Они потянули его за собой вглубь бара и остановились возле одного из столиков, за которым уже сидело несколько гонщиков. Джо узнал некоторых из них. Это были лучшие из лучших.

- Здесь одни профессионалы, - озвучил его мысли Вут, - но ты не стесняйся. Мы все знаем, чего ты стоишь!

Джо не смог скрыть самодовольную улыбку, когда они, увидев его, засвистели и заулюлюкали.

- Ну что, сделаем ставки? – предложил Вут, когда они уселись.

Гонщики засмеялись.

- Что?! - воскликнул Вут, - почему все могут на нас ставить, а мы нет?

- Да, мы первее всех должны это делать, - согласился кто-то.

- Тогда я поставлю на себя, - сказал Бинни.

- А я, конечно, на Джо, - кивнул Харви.

- Что будете пить? – спросила официантка.

Они сделали свои заказы, и она повернулась к Джо.

- Воду с Фаи, - ответил тот.

Все присутствующие на мгновение замолчали. Но Джо действительно заказывал её только потому, что она была невероятно вкусной.

- Вот поэтому, - закричал Вут, - я прямо сейчас поставлю пятьсот миллионов кхарт на Джо!

Перед ним возник экран, и он сделал ставку. Все вокруг засмеялись и зааплодировали.

- А я думаю выиграет Мардо Китон, - сказал Бинни.

Над столом возник экран, на котором появился гонщик. Он был вдвое старше их. Его машина выделывала невероятные пируэты, проносясь по трассе. Но больше всего Джо поразил его жесткий сосредоточенный взгляд.

- Он занял второе место в Мега Заезде два года назад, - пояснил Вут, - кроме того 804 победы локальных. Это уровень, до которого нам с вами еще предстоит дотянуться.

- Говорят, он готов умереть нежели проиграть.

- А здесь его сейчас нет? – спросил Джо.

Но гонщики покачали головами.

- Он никогда не появляется на людях.

- Зачем ему это нужно? Он и так знает себе цену.

Они продолжали разговаривать. О гонках, планетах и трассах, о тех, кто эти трассы придумывал. Разговор всё время возвращался к Лагре и к новым условиям. А еще всех пугал «мрак». Никто не знал, чем это было, где и как он появился и каким образом был телепортирован на трассу. И чем больше они разговаривали, тем больше Джо чувствовал, что попал туда, где должен был быть. Здесь было всё то, чем он жил, и он чувствовал себя поистине счастливым.

Он заказывал всё больше и больше воды. В какой-то момент Вут предложил ему пить воду на спор, и он согласился. А что было потом…? Джо не помнил. Только то, что ему стало слишком весело. Так весело, что кажется это стало заходить слишком далеко. Они кричали и говорили разные вещи, но он даже не понимал, что говорил… в какой-то момент Джо вскочил на стол и начал кричать:

- Хотите знать правду? Я вообще здесь не ради моей планеты и её воды! К черту всё! Я гурт, а гурты посылают к черту абсолютно всё! И мы гордимся этим! Первое, что я сделаю, когда выиграю, так это свалю со своей планеты подальше в какую-нибудь Лагру и всё!

Ему ответили громкими оглушительными аплодисментами и Джо провалился.

Куда? Он не помнил и не знал, но там было бесконечно темно. Возможно, это и был тот самый «мрак». Может лагрийцы специально это подстроили, чтобы он не участвовал в гонках? Джо не знал, но, казалось, он провел там целую вечность. Он будто висел в бесконечно темной вселенной, в которой отключили свет, и не мог пошевелить ни рукой, ни ногой.

Однако в какой-то момент, где-то вдалеке раздался крик. Он был громкий, пронзительный и такой знакомый. Но разбудило его не это, а мягкое прикосновение к щеке и этот запах. Такой приятный нежный аромат. Джо улыбнулся и открыл глаза.

- Элира, - сказал он.

- Да, это я, - услышал он в ответ, - поднимайся Джо, ты опоздал на гонки.

Джо резко открыл глаза. Девушка стояла над ним и трясла за плечи.

- Гооооооонщик Маааарс!!! – раздавался оглушительный рев слизня в его ушах, - почему ты не на гонках?!

Джо мгновенно вскочил на ноги. Не может быть!

- Ты опоздал, Джо, - с сожалением сказала Элира, - они подсыпали тебе «боломутника» и «отключку» и сделали гусеницей.

- Что? – Джо ничего не понимал, но в то, что понимал, он не хотел верить.

- Папа говорит, они каждый год выбирают гусеницу. Но я и не думала, что они тронут тебя.

- Джо, где-ты?! – раздавался голос Улита из браслета, - мы искали тебя всю ночь!

- Гооооооонщик Маааарс!!! – звенело у него в ушах.

- Тренер Притмут, - пролепетал Джо, - я не знаю, как это получилось.

Он повернулся к Элире.

- Что я должен сделать, чтобы телепортироваться на стартовую полосу?

- Туда только пешком, - сказала девушка, - если поторопишься, то хотя бы попадешь на трассу. Хотя остальные гонщики стартовали 11 минут назад.

Джо повернулся и бросился бежать.

- Тренер Притмут, - закричал он, - скажите, куда я должен идти?

- Идти?! – взревел тренер, - Жалкое ты ничтожество!

И он просто отключился.

- Тренер Притмут?! Тренер Притмут?!

Джо бежал по городку гонщиков, даже не зная, где стартовая полоса.

- Джо, Джо! - услышал он и переключил канал. Это был Нои, - Джо, где ты?

- Только вышел из Гусеницы, - ответил Джо.

- Хорошо, она доползла до площади… подойди к середине и телепортируйся в павильон. Потом выйди из него, три квартала направо, затем налево, - тараторил пришелец, - свернешь возле магазина «Кривая дорожка», потом вверх по лестнице на пятый уровень…

Джо несся так быстро, как только мог.

- Всем нам известный Джо Ди Маерс не только опоздал на старт гонок Межзвёздного Мега Заезда, но и заявил накануне вечером, что…, - раздавалось по новостям на всех экранах, которые он встречал, - «Плевать я хотел на свою планету» - кричал Джо стоя на столе.

Он не мог поверить в то, что слышал и видел. Так быстро, как только мог, он пересек городок Гонщиков и остановился возле высоких ворот. Небольшая машинка просканировала его от головы до ног.

- Гонщик Джо Ди Маерс, добро пожаловать на 754-й заезд Межзвездного Мега Заезда.

Ворота медленно исчезали на его глазах.

- Да, да, скорее! – тараторил Джо.

Перед ним открылся вид на песчаную бесконечно широкую дорогу. А издалека к нему медленной походкой шел координатор Тьюи.

- Браслет, - со сдержанной улыбкой потребовал он, - лишние коммуникации во время гонок запрещены.

Джо отдал ему браслет и оглянулся - вокруг не было никого. Даже на горизонте. Ни единого гонщика.

- Где моя машина, Нои? – дрожа прошептал он.

- Каждый раз, когда ты теряешь свое авто, ты должен сказать «Ящер» и оно появится перед тобой, - ответил пришелец.

- Ящер, - закричал Джо так громко как только мог.

Огненный ящер материализовался прямо из воздуха. Джо быстро сел, включил все двигатели сразу и стартовал так быстро, как только мог.

Глава 13

Шифтер

◉

- Посмотрите на Огненного Ящера! Посмотрите, как он мчится по пустыне! Джо хорошо отпраздновал начало гонок накануне вечером, но, по всей видимости, он не собирается сдаваться! – говорил диктор.

Улит отключил экран, снял очки и откинулся в кресле. Он не знал, за кого переживал больше за брата или за свою планету. Он не спал всю ночь, проведя её в поисках Джо. Но теперь, когда его брат стартовал, это было главное.

Однако в это утро Улит остро осознал, что послал Джо на верную смерть. Не то, чтобы он не верил в брата, но желание помочь Мельгере заставило его забыть о том, через что Джо придется пройти и что он ему помочь уже не сможет. А если он проиграет? И в его сознании проплывали еще более ужасающие картины обезвоживания Мельгеры.

Перед Улитом появился сияющий порт.

- Третий Запрос на Золотую Трибуну, - услышал он.

Улит не хотел туда идти несмотря на важность мероприятия. Что он им скажет теперь после вчерашней выходки Джо? Однако он встал, умыл лицо холодной водой и шагнул в возникший перед ним проход.

Улит оказался в просторном помещении, где с бокалами в руках стояло множество пришельцев. Они праздновали начало гонок. Некоторые из них были одеты стильно и просто, а другие так пестро и вычурно, что это казалось нелепым.

Вместо стен кругом были экраны, на которых транслировались гонки. Полупрозрачные голограммические сцены трассы и машины то и дело выезжали с экранов, проезжали по залу, а то и полностью воссоздавали сцены происходящего, заставляя всех очутиться там, отчего гости впадали в восторг.

- Улит Ди Маерс, - сказал подошедший к нему Тьюи, - Приветствую! Я координатор гонок, - напомнил он, - мой 35-й заезд!

- Рад знакомству, - ответил Улит, оглядывая гостей.

- Это главы планетарных скоплений и космических областей, - пояснил Тьюи шепотом, - и основные спонсоры, конечно. Пойдем, они тебя ждут.

- Меня? – Улит неуверенно поправил очки. Он чувствовал себя не в своей тарелке.

Они подошли к группе пришельцев и киборгов, которые повернулись к ним.

- Улит Ди Маерс, - выдохнул Тьюи, - собственной персоной, - а это Зельга Телин, представитель из Мальдорана, Барвер Жар из Дормарта, Нуан Ки из Гратеи и Маркен Ву из X2. Эти уважаемые господа следят, чтобы участники из их округов получили достойное отношение в гонках.

Улит выдавил из себя улыбку.

- Это мы запросили тебя, - подмигнула Зельга.

- Как интересно, - сказал толстощекий Нуан в пестром костюме, присматриваясь к нему, - когда я вижу пришельцев вроде тебя, я задумываюсь о том, кто же творит историю? Герои или те, кто стоят у них за спиной?

Остальные кивнули и заулыбались, разглядывая Улита. Перед ними в голограммическом виде появился Джо. Он стоял и самодовольно улыбался своей улыбкой чемпиона и махал руками всем присутствующим.

- Кажется, мальчику дела нет до его планеты и её проблем, но тебе…

- Я потратил много усилий на то, чтобы доказать, что Мельгера входит в округ Ориона, - сказал Улит, - и Джо поддерживает меня в этом.

В следующее мгновение голограммический Джо стоял на столе, выкрикивая свое «Плевать мне на мою планету» и Улиту стало стыдно.

- Едва ли, - ответил высокий Барвер с четырьмя руками, - однако ты кинул кости и сыграл в удачу с самой вселенной.

- И теперь мы пытаемся понять, кто же из вас шифтер? – сказал Маркен, высокий киборг - видишь у нас свои ставки.

- Шифтер?

- Да, это тот, у кого сильное энергетическое поле, - объяснила Зельга, полная красивая пришелица - Настолько, что он способен закручивать энергетические воронки планетарных масштабов и менять историю целых созвездий, если не больше.

- Намеренье шифтеров настолько сильно, что они подчиняют себе реальность и формируют её согласно своим целям.

- Ааа… - протянул Улит и поправил очки, - и вы думаете это один из нас?

- То, что это один из вас уже очевидно, - продолжила она, - теперь мы пытаемся понять кто.

Политики повернулись к экранам, где крупным планом навстречу к ним несся Джо на Огненном ящере.

- Кажется, он сталкивается со своим первым препятствием.

В это время Джо давил на педаль движения так сильно как только мог и несся вперед. Тренер не отвечал на его зов, и только Нои то и дело подбадривал его уверенным «Ты сможешь, Джо!» или «У тебя всё получится!». Но Джо совершенно не знал, куда ехать, ведь карты были у тренера.

- Кажется гусеница стала бабочкой, – услышал он лукавый голос Бинни, переключившись на канал гонщиков.

- Надеюсь, ты не обижаешься, Джо, - сказал Вут смеясь, - ты же понимаешь, что это просто была дружеская шутка.

Но Джо обиделся. Он был так зол, как никогда в своей жизни, поэтому он просто молчал.

- Ооо… наш герой всё-таки обиделся, - тоном плачущего ребенка, сказал Харви, а затем добавил серьезно – хочу, чтоб ты знал, Джо. Мне плевать на тебя также, как тебе на твою планету!

Этого было достаточно. Джо снова переключил канал на Нои.

- Куда мне ехать?

- Нои понятия не имеет, Джо, - с сожалением ответил тот, - но он предупреждал, что Притмут не годится.

В этот момент он снова почувствовал настойчивый запрос на канал гонщиков и переключился.

- Джо, - услышал он тонкий женский голос, который показался ему знакомым.

- Хэльга? - спросил он неуверенно.

- Да, это я. Хотела спросить, как ты? Тренер сказал, что тебе удалось стартовать.

- Удалось, - ответил Джо, - но, - ему было стыдно признаться, - я не знаю, куда ехать.

- О, - ответил Хэльга, - а где ты?

- Это что-то вроде песчаной дороги, - ответил он.

- А… вечная дорога. Чтобы выехать на полосу препятствий, тебе нужно ехать против солнца, - сказала она.

Джо резко остановил машину. Он только сейчас понял, что солнце слепило ему глаза. Он развернулся и поехал в обратном направлении.

- Тренер Притмут, - позвал он, - Тренер Притмут, - я выезжаю на полосу препятствий!

Но тот молчал и Джо подумал, что, возможно, слизень орал так громко, что канал сломался и теперь, ему точно не удастся с ним связаться.

Но не прошло и пяти минут, как что-то длинное с силой ударило по дороге перед ним, разломив её надвое. Джо резко затормозил и в молниеносном маневре поднялся в воздух. Там, сверху, он увидел, что перед ним был гигантский осьминог. Его щупальца с устрашающими жвалами, ударяли по земле, оставляя черные зияющие трещины, а затем поворачивались, взлетали в воздух и пытались поймать Джо.

Гонщику едва удавалось уклоняться от его ударов, но самое ужасное было то, что как бы он ни старался, он не мог продвинуться вперед ни на метр, а внизу на земле было несколько разломанных на куски гоночных машин.

Время шло, его внимание слабело и силы изматывались, но осьминог продолжал крутить своими щупальцами так неистово, что любой, даже малейший промах, мог стоить Джо жизни. В какой-то момент Осьминог поймал его, но Джо вырвался. Однако, сил у него не осталось. Он понял, что это конец и отпустил руль.

- К черту всё! – подумал Джо, - я действительно ничего не стою!

Его машина зависла в воздухе, а затем начала медленно падать.

- 78 на 784, 158 на 462, 874 на 184, 13 на 222, двигатели на четверть, - услышал Джо в наушниках.

Это был тренер Притмут! Он тут же схватился за руль и последовал его советам, едва увернувшись от удара огромного щупальца.

- 253 на 466, 445 на 724...

Притмут тараторил так быстро, что Джо едва успевал выполнять то, что он говорил. Но уже через несколько минут он вырвался из замкнутого круга, и осьминог остался позади.

- Тренер Притмут! – радостно воскликнул Джо, - как же я рад вас слышать!

Но тренер молчал. Джо спустился на землю и остановил машину. Он не мог отдышаться. Его руки дрожали. Он чувствовал себя ужасно уставшим, а ведь это было только первое испытание. Такого он точно не ожидал. Солнце жарило беспощадно и Джо осознал, что у него не было ни капли воды.

- Куда теперь, тренер Притмут? – спросил он, - скажите, куда мне ехать?

- Что, если я не скажу тебе? – ответил слизень злобно, - что, если ты умрешь прямо здесь, потому что подвел меня и всех остальных?

Джо огляделся вокруг. Пустыня была бесконечной.

- Хорошо! – развел руками Джо, - пусть так и будет. Я не то, что вы ожидали. Ладно! Я понял! Но теперь мы ведь повязаны, верно? Если я проиграю или умру это будет только на вашей совести.

Тренер молчал.

- Как вы там говорили? Это будет мучить вас до самой смерти хуже, чем какое-то там пекло!

Притмут молчал долго и Джо казалось, что он больше не вернется. Солнце жарило всё сильнее и Джо понял, что долго не протянет.

- Если не я, ты придешь последним, - внезапно сказал Тренер.

- Согласен, - пожал плечами Джо и лег на сиденье.

- Я хочу, чтобы ты сказал – Тренер Притмут, если не вы, я приду последним.

- Ладно, - сказал Джо и повторил, - Тренер Притмут, если не вы, я приду последним.

- Громче.

- Тренер Притмут, если не вы, я приду последним, - громко сказал Джо.

- Громче!

- Тренер Притмут, если не вы, я приду последним! – заорал Джо так громко, как только мог.

- Заводи моторы, жалкий слюнтяй, - сказал Притмут, - 749 на 1176 574 на 983.

Джо сел в машину и последовал его указам.

На Золотой Трибуне гости расселись по мягким креслам. Они следили за гонщиками и обсуждали самые опасные моменты на их трассе. Улит же с замирающим сердцем следил за Джо.

- Кажется он способный мальчик, - сказала пришелица из Мальдорана, снова прокручивая, как Джо, вырывается из щупальца осьминога. Но если бы не тренер, он бы не справился.

- Не умаляй его достоинств, Зельга, - сказал Маркен, - мы все знаем, что тренеры выигрывают гонки, но сядь они за руль, ни один из них бы не справился даже с самым мелким препятствием.

- Это верно, - согласился Барвер, - обычно выигрывает самый удачный тандем.

- Как тебе всё-таки удалось заполучить Притмута Уолша? – спросила Зельга, повернувшись к Улиту.

- Он просто согласился, - пожал плечами Улит.

- Такое «просто» не случается.

Все присутствующие засмеялись. Улит же следил за остальными гостями. Они делали ставки и не только на деньги. Они ставили решения личных споров, крупных договоров, судьбы целых народов и планет. И шумно обсуждали всё, что происходило с гонщиками.

- 250 миллиардов на то, что в этом заезде Мардо Китон войдет в пятерку, - сказала Зельга, глядя как гонщик лавирует между препятствиями.

- Ставка принята, - раздался голос из ниоткуда.

Она беззаботно потягивала коктейль. Кожа Улита покрылась мурашками, когда он представил, сколько это денег.

- 570 миллиардов на Бинни и Хэрви, - произнес Бэрвер, щелкая орешки, - и Нуан, я отдам тебе три любых политических пленника, если твоя Лутто выиграет в этом туре, а ты мне моих, если Танто.

- Идет, только своих пленников выбираю я.

- Договор 5817, если Джо пройдет во второй тур, - сказал Маркен, глядя на Барвера, - в обмен, что хочешь.

- Нет, покачал головой тот, - ты же знаешь, Улька убьет меня за такие ставки.

- С каких это пор ты её боишься?

Барвер откинулся в кресле, глядя в потолок, а затем резко повернулся к Маркену.

- Хорошо, но, если во втором заезде он войдет в десятку, договор мой!

- По рукам.

Он подмигнул Улиту, а тот раздумывал над тем, как просто здесь решались судьбы.

Джо же несся вперед по пустыне, когда местность поменялась и превратилась в ряд переплетенных и закрученных в разнообразные формации до неба скал. Гонщик еле успевал выполнять то, что говорил Притмут и лавировал между ними около часа, когда по обеим сторонам от себя он стал то и дело видеть гоночные машины. Он засвистел от радости, обгоняя их.

- Скорость что надо, чем ты напичкал её, Нои? – спросил он.

- Нафаршировал всем самым лучшим, - ответил пришелец с гордостью.

Нечто с силой ударило машину вбок, сбив его с трассы. Затем еще раз. Джо глянул в окно.

- Кажется, у нас гости!

Со всех сторон машины кружили и гнались за ним птицы с пастями, в которых было множество зубов.

-Это же птице-ящеры! – заорал Джо.

- Нет, это рувы с планеты Наван. Опасные твари, - сказал Притмут.

Гонщик еле уворачивался от них, а птицы, то и дело щелкали клювами, почти успевая за машиной. Одна из них ударила в лобовое стекло, проделав в нем дыру. Стекло покрылось мелкими трещинами.

- Я ничего не вижу, тренер, - заорал Джо, не зная, куда летит.

- 100 на 54, 500 на 772, 895 на 337, 142 на 456, - тараторил Притмут.

Но Джо не сориентировался. Машина потеряла управление, на всей скорости влетела в сухое дерево и зависла на нем.

Пустынный пейзаж превратился в высокие скалы, нависшие над океаном, на краю которого стояло дерево с висящем на нем Огненным Ящером. Дерево издало угрожающий скрип.

- Тренер Притмут, я не могу выбраться! Кажется, застрял прочно!

- Машина настроена на подводное плаванье? – спросил тренер.

- Нои не успел проверить, - ответил Нои, чуть не плача, когда Джо переключился на его канал.

Дерево накренилось и поломалось посередине.

- Телепортируй машину в мастерскую сейчас же, - заорал слизень.

- Нои, забери Ящера, - крикнул Джо.

Ящер исчез и Джо вместе со сломавшимся надвое деревом с отчаянным криком полетел вниз. На всей скорости он влетел в воду и опустился на глубину, где увидел чью-то застрявшую гоночную машину. Что было сил, он начал грести вверх, когда водяная воронка с силой потащила его вглубь. Джо стал бороться.

- Расслабься, не дыши и не двигай руками и ногами, иначе умрешь - раздался голос тренера у него в ушах.

Джо так и сделал. Прошло около минуты, когда воронка, с силой ударив его головой о дно перестала крутиться и растворилась.

- А теперь греби! – закричал тренер, - греби вверх, что есть сил.

Джо так и сделал. Его грудная клетка готова была взорваться, так ему хотелось вдохнуть, но он собрал всю волю в кулак и уже через полминуты, выплыл на поверхность.

- Плавать умеешь? – спросил тренер, когда Джо судорожно вдыхал воздух в горящие легкие.

- Тренер, на моей планете нет воды, - напомнил Джо.

- Плохо, потому что тебе придется проплыть около трёхстах метров до суши.

Джо задвигал руками и ногами так быстро, как только мог.

- Кажется, получается.

- Быстрее! – заорал тренер.

Но Джо замер на месте. Перед ним из воды выпрыгнуло чудовище без глаз и с шумом погрузилось обратно.

- Это хваи с планеты Гурзак, - пояснил Притмут, - они беззубые и слепые, но одна такая может заглотить тебя разом и не подавиться.

Джо окатила волна страха, и он стал грести еще быстрее.

- Одна большая слева, - сказал тренер.

Гонщик стал грести вправо.

- Замри!

Чудище с открытой пастью вынырнуло прямо перед ним и тут же скрылось.

Еще сто метров и уже другая хваи задела его хвостом. Еще сто и Джо увернулся от двоих сразу и они, столкнувшись лбами с ревом погрузились в воду. Но в тот момент, когда перед ним забелела суша, чудище вынырнуло из воды и, раскрыв пасть полетело на Джо. Гонщик нырнул и стал грести в глубину, пытаясь увернуться.

- Вправо! Вправо! – кричал Притмут.

Но хваи ухватила Джо за ногу и потянула за собой. Джо подумал, что не вдохнул достаточно воздуха и захлебнувшись стал терять сознание.

- Гонщик Маааааерс! – орал тренер, - Маааааерс!

Гонщик открыл глаза и стал бороться с чудовищем. А затем со всей силы оттолкнувшись от него ногами, поднялся на поверхность. Он кашлял долго, пока крики тренера не перекрыли все остальные звуки.

- Вперед, Маерс, вперед!

Суша была рядом, и молодой человек поплыл к ней из последних сил. Наконец он добрался и рухнул на песок. Ему хотелось остаться и полежать здесь еще хотя бы часик, но крик в ушах не давал ему покоя.

- Поднимайся сейчас же, ты зря тратишь время, слюнтяй!

Ящер появился рядом и, сев в него, Джо полетел над водой. Лобовое стекло было как новенькое. Он открыл окна, наслаждаясь легким ветром и мягким светом солнца.

- Уууххххууу, - закричал он, - тренер Притмут, а здесь не так уж плохо! Мне даже нравится!

- Ты до сих пор позади большинства, самодовольный болван, - напомнил ему тренер.

- Значит, я не самый последний? – спросил Джо, натягивая на глаза гоночные очки, - Тренер Притмут, а вы умеете радовать!

Он со всей силы выжал педали движения и полетел вперед так быстро, как только мог.

Пейзаж поменялся и Джо вылетел на ровную трассу. С радостным криком он нагнал и обогнал две гоночные. Но они поднажали и снова поравнялись с ним. Джо вильнул вправо, они за ним, влево и обе машины зажали его так, что он не мог двинуться, а навстречу ему приближался тупик.

- Все рычаги вниз, 340 на 215 - крикнул Притмут.

Машина нырнула вниз, сделала десяток кувырков в воздухе и, наконец выравняв её, гонщик вырвался из хватки. Одна из машин позади него влетела в барьер, а он перескочил его и двинулся дальше.

- Вот так это делается! - закричал Джо.

Он несся вперед, преодолевая возникающие перед ним препятствия около получаса, когда внезапно пейзаж поменялся и на встречу гонщику понеслась плотная стена из ветра и песка.

- Пустыни Руи, - сказал Притмут, - здесь главное не испугаться.

И он стал диктовать настройки. Ящера кидало из стороны в сторону с такой силой, что у Джо все плыло перед глазами, а в лобовое стекло хлестал песок.

Гонщик делал все так, как говорил ему тренер. Внезапно пески исчезли, а Ящер завис в воздухе и понесся в бок, не реагируя на управление. Стараясь удержаться на одном месте, Джо проверил все двигатели, движки и рычажки. Но сколько он ни старался он не мог двинуться вперед.

- Тише, - сказал Тренер, - замри. Тебя поймал монстр-рыбак с планеты Иджи.

Джо выглянул из бокового окна.

- Седьмая Звезда, - воскликнул он.

Его машина висела подвешенная на крюк длинной удочки, которую держал в руках одноглазый монстр с кривой головой и круглым ртом, в котором виднелись устрашающее жвало. Он был огромный с тупым злобным выражением крайне уродливого лица и то и дело поворачивался вокруг, а вместе с ним и машины, которые он поймал. Джо увидел по крайней мере еще три гоночных авто, висящие рядом.

- Это очень плохо? – спросил он, отпустив руль.

- Подожди, - сказал тренер, - я читаю про них информацию. Ага да. Несмотря на пугающий вид у них интеллект грудного ребенка, и они любят всё яркое и шумное.

- И чем это нам поможет?

- Ничем. Вылазь из машины, и карабкайся вверх по веревке, - сказал слизень.

- А другие варианты есть? – спросил Джо, глядя вниз. Высота была немаленькая.

- Не спорь со мной.

Джо ничего не оставалось как открыть дверь и, стараясь не упасть, забраться на крышу. Машина накренилась, и он повис, держась двумя руками за веревку.

- Тренер Притмут, я не смогу, – заорал он.

- Еще как сможешь или я не тренер Притмут.

Джо подумал, что это был серьезный аргумент. Собрав все силы, какие у него были, он вскарабкался на веревку и, ухватившись за неё ногами, полез вверх.

- Старайся ничем не привлекать его внимание. Тебе нужно выбраться на ровную поверхность.

Джо почти поравнялся с огромной головой, которая была размером с трехэтажное здание.

- Фууу, - выдохнул он. От циклопа исходил ужасный смрад.

Молодой человек добрался до верха удочки. Обхватив её руками, он заскользил вниз и упал на запястье великана.

- Старайся ступать аккуратно, чтобы он не почувствовал твое присутствие.

Джо так и сделал. Но в какой-то момент он не выдержал и чихнул. Монстр поднял руку к глазу и с интересом посмотрел на гонщика.

- Ты должен отвлечь его. Спой ему что-нибудь, иначе он стряхнет тебя.

-Там, где горизонта нет и не видно дна …светит ясно и ярко Седьмая Звезда, - запел Джо так громко как только мог.

От удивления циклоп открыл свой круглый рот со жвалами, но затем засмеялся, издавая ужасающие звуки. Джо зажал уши руками и продолжил петь. Но монстр поднял вторую руку и собрался было прихлопнуть гонщика.

- Беги, - закричал Притмут.

Джо побежал по руке циклопа, уворачиваясь от хлопков.

- Ящер! – закричал он, добравшись до плеча и запрыгнул в появившуюся перед ним машину.

Он едва не заехал в зубастый рот с зияющим жвалом, но справился с управлением и понесся вперед.

Еле оторвавшись от экрана, Улит оглядел Золотую трибуну.

- Всем известно, что около половины гонщиков умирают или получают серьезные увечья в гонках, - сказал Маркен, попивая коктейль.

- И тем не менее участвовать хотят миллионы, - сказал Нуан.

- Кроме того, они легко уничтожают соперников, без всякого угрызения совести, - сказал Барвер, - мне это так нравится!

- Еще одна деталь про шифтеров, - сказала Зельга, глядя на Улита - им плевать на окружающих. Они что угодно положат под ноги своим целям.

Улит нервно сглотнул и то чувство вины, которое он испытывал утром, снова вернулось к нему. Он отвернулся, оглядывая зал.

Все присутствующие болели за своих кумиров. Среди них были и те, кто то и дело выкрикивал имя Джо. Он прошелся по залу и заметил, что двое неизвестных пришельцев поглядывали на него.

- Кто они? – спросил он Тьюи.

- Это спонсоры,- ответил координатор, - Род Хангер и Лирт Джус.

- Их сыновья участвуют в гонках?

- Именно, - шепнул Тьюи, - кроме того, они резко против вхождения мелких пограничных планет в круг Ориона. Именно поэтому они представляют для вас с Джо особую опасность.

Улит посмотрел на спонсоров и встретился с ними взглядом. Они подняли бокалы, глядя в ответ на него.

- Не могу открывать все секреты, - развел руками Тьюи,- сам всё увидишь. Давай-ка я лучше покажу тебе кое-что интересное!

Он приклеил на запястье Улита маленькую горящую наклейку. В следующее мгновение Улит оказался в Огненном Ящере прямо рядом с Джо. От неожиданности он уронил очки. Симуляция реальности была практически стопроцентной.

- Джо, - позвал Улит, но брат его не слышал и не видел.

Улиту было страшно смотреть вперед. На той скорости, на которой они неслись, всё будто плавилось и расплывалось вокруг. А реакция, чтобы удержаться на трассе должны была быть идеальной. Ему стало не просто страшно. Его охватил ужас от каких-то нескольких секунд нахождения в машине. Не в силах этого выдерживать, он снял наклейку.

«Кто из нас шифтер? - подумал Улит и усмехнулся, - уж точно не я!».

Джо же продолжал двигаться вперед, совершенно не подозревая, что его брат побывал с ним рядом в машине.

- Будь осторожен. Впереди полоса неожиданных препятствий, - предупредил тренер Притмут.

Пейзаж поменялся и теперь Джо несся в пустом пространстве, а перед ним то и дело возникали препятствия, возникающие ниоткуда. Это были обломки зданий, машин, живые существа и многое другое. Гонщик вспомнил сурикату на гуртовском стадионе и усмехнулся. Теперь-то он не даст такому сбить себя с толку.

- Включи всю свою реакцию, Джо, - сказал тренер в перерыве между установками.

- Вы впервые назвали меня по имени, тренер, - сказал гонщик, то вскакивая вверх, то резко падая вниз, - это так мило.

- Только не думай, что мы с тобой когда-нибудь подружимся, - ответил Притмут.

- Даже и представить такого не могу, - ответил Джо,- кроме того, в друзьях я ничего не смыслю.

- Я знаю, что они сделали из тебя гусеницу, - внезапно сказал тренер.

- И тем не менее вы меня бросили.

Притмут молчал.

- Да, ладно, я же не обижаюсь.

- Мы сами выбираем себе общество, которое сдерживает нас или толкает вперед. И этот выбор формирует нашу судьбу. Я думал ты неудачник, Маерс... но, возможно, это не так.

- Приятно слышать, - расплылся в улыбке Джо, уворачиваясь от препятствий и обгоняя две гоночные машины, мчащиеся рядом.

Внезапно перед гонщиком в воздухе стали возникать облака чего-то непроницаемо темного.

- Это то, о чем я думаю? – спросил Джо, маневрируя между ними.

- Да, - ответил тренер, - тот самый мрак. Говорят, даже смотреть на него опасно.

Черные как бездна непроницаемые облака закручивались узорами и будто завораживали гонщика. Джо засмотрелся и чуть не въехал в одно из них.

- Вперед, Маерс, сконцентрируйся, - рявкнул Притмут, - 545 на 647, 237 на 412, 594 на 762...

Он продолжал диктовать установки. Реальность трансформировалась в кривой туннель, по которому неслось несколько гонщиков. Один со всей силы ударил Джо в бок, но гонщик ответил ему тем же, а затем подсек, сбив его с трассы. Вторая гоночная резко повернула и преградила ему путь, но Джо подскочил вверх и перепрыгнул её, ударив следующую. На мгновение создался трафик и машины затормозили, пытаясь вырулить на трассу.

- Все двигатели на полную, Маерс, ты должен их обогнать, – закричал Притмут так, что Джо только от страха выжал все двигатели и вернулся на дорогу, - теперь здесь важна только скорость.

Джо полетел вперед. Раньше он делал это без цели. Просто несся к финишу и всё. Наверное, потому что ему нравилась скорость и это чувство полета. Ему нравилось быть первым, потому что где-то в глубине души он верил, что он и так был первым. Но теперь от его победы зависело многое, и он полностью осознал это в этот момент.

Вскоре он, неожиданно для самого себя, проехал сквозь сияющую стену света.

- Не сбавляй скорость, - сказал Притмут, - ты проехал первый барьер. Но когда я скажу, ты должен затормозить. Слышишь?

- Слышу, - ответил Джо беззаботно.

Он продолжал нестись вперед и обогнал еще троих, когда внезапно Притмут заорал так громко, как только мог:

- Тормози, Маерс!

Джо чуть ли не подпрыгнул и не сразу сообразил. Он быстро нажал на все тормоза сразу. Огромная черная стена появилась впереди, и он несся прямо на неё.

- Тормози!

Джо резко повернул машину. Она сделала кувырок, пересекла маленькую еле заметную черту на дороге и припарковалась прямо за ней, приземлившись ровно на месте.

- Поздравляю. Ты пересек второй барьер, - констатировал тренер.

Джо выбежал из машины и замер, глядя на черную стену.

- Что это? – растерянно спросил он.

Но тренер молчал. Это был мрак, непроницаемый и завораживающий. Казалось, в нём не было и намека на свет или что-либо дающее надежду жизни.

- Возвращайся в павильон, Маерс, - спокойно сказал тренер, выдыхая пар со специями ему в уши, - ты сносно справился сегодня.

Но Джо был настолько заворожен, что забыл обо всем. Он даже забыл, что был на Мега гонках и был их участником. Его даже не волновало, на каком он был месте. Еле оторвав взгляд от черной стены, он вошел в маленькую дверь. В его голове будто не было мыслей. Он шел по туннелю. За ним следовал еще один пришелец. Они прошли сквозь порт и…

Шум был настолько оглушительным, что Джо пришлось зажать уши. Кричали все присутствующие в павильоне, кричали зрители на экранах, кричал диктор, произносивший имена вошедших в пятидесятку. Казалось, здесь было всё внимание вселенной.

Улит встретил Джо с его привычной мягкой отеческой улыбкой и обнял.

- Я успел? – спросил Джо, наконец, опомнившись.

- Ты на 49-м месте, - ответил Улит.

- Это значит я во втором туре? Да! – Джо запрыгал на месте подняв руки и тряся кудрями.

Вокруг летали дроны, пытаясь запечатлеть реакцию участников.

- Я делаю это ради своей планеты, если что, - сказал Джо громко и скорчил им рожу, а затем засмеялся как ребенок.

- Пойдем, - сказал Улит, - тебя ждет пресс-конференция, а затем тебе нужно отдохнуть.

Но Джо улыбался так широко, как только мог и махал толпе руками. Как же он любил эти моменты.

- Сегодня на Золотой Трибуне они сказали мне кое-что интересное, - крикнул Улит ему на ухо.

- Что? – спросил Джо, пытаясь перекричать толпу.

- Что ты шифтер!

- Что это? – спросил Джо.

- Ты не поверишь…

Джо взошел на пьедестал, где ему задавали вопросы, снимали и фотографировали. В этот момент он почувствовал, будто слился со вселенной и это был такой упоительный момент.

Глава 14

Друзья Звёздного Барона

◉

Джо спал крепко, но даже во сне ему казалось, что стадионы кричат его имя. Где-то среди зрителей стоял его отец. Он почему-то не прыгал от радости подобно остальным. Он просто смотрел на него печальным взглядом. Но когда Джо двинулся к нему, он скрылся в толпе, которая схватила гонщика на руки и понесла вперед.

- Джо! - голос был настойчивым.

Молодой человек открыл глаза. Над ним стоял Улит.

- Тебя ждет вторая пресс-конференция.

Джо протер сонные глаза и включил экран новостей.

- Все глаза вселенной сегодня обращены на Мардо Китона, финалиста первого отборочного тура Мега Заезда! А также на семерку финалистов, среди которых уже известный всем Вут Хангер, Марва Танто, а также…, - диктор продолжал произносить имена.

Джо вскочил и сел на постели. Он ждал, когда произнесут его имя. Но то, что он не в числе первых больно укололо его самолюбие.

- Братья Джус не дотянули даже до двадцатого места. Если бы не поломка машины, они были бы в числе первых, - продолжал диктор.

Джо довольно хихикнул.

- Однако они вошли в пятидесятку, как и всем нам скандально известный Джо Ди Маерс, который опоздал на гонки, но пришел 49-м! Возможно, он делает это не ради своей планеты, как обещал, но гоночного мастерства ему хватило, чтобы оказаться одним из всего пяти «счастливчиков», которые прошли во второй тур!

- 49-е место… Седьмая Звезда… - простонал Джо и накрыл голову подушкой.

- На мой взгляд это отлично, - подбодрил его Улит, - учитывая, что ты стартовал на двенадцать минут позже остальных.

- Мардо! Мардо! Мардо! Кииииитон! – скандировали толпы.

- Ничего, - сказал он, - вот увидишь - скоро они будут выкрикивать твое имя.

Улит переключил экран на локальный канал Мельгеры.

- А теперь посмотри сюда.

Толпы мельгерийцев, как гуртов, так и оранов, скандировали его имя.

- Джо! Джо! Джо! Ди! Ди! Ди! Маааааееееерс!

Там, на его планете, он оставался героем, даже несмотря на вчерашний скандал.

Джо улыбнулся и подошел к зеркалу. Он посмотрел на птице-ящера на своей руке. Гурты, ораны и Мельгера теперь были так далеки, будто в забытом прошлом. Он внезапно осознал – теперь их любви было недостаточно. Он хотел большего - чтобы его знали на каждой планете Ориона. Он хотел, чтобы его имя выкрикивала сама вселенная.

- Джо, - услышал гонщик голос Нои в ушах, - Нои подвел тебя.

- Что? Ты о чем?

- Нои подвел Джо Ди Маерса и из-за него он пришел 49-м.

- Что ты, Нои, ты отлично постарался. Машина что надо. Неслась по воздуху как молния!

- Нои не настроил её на подводное плаванье, - грустно сказал механик. Его голос был уставшим и дрожал.

- Почему бы тебе не отдохнуть Нои?

- Нои не выйдет из мастерской, пока Джо Ди Маерс не займет первое место в Мега Заезде!

- Да брось, Нои, если бы не ты, я бы вообще не участвовал.

Гонщик вышел на террасу и включил дождь. Крупные капли забарабанили по зонтику, накрывавшему стол. Он смотрел, как они падают в океан и мелкой рябью расходятся по легким волнам.

- Я заказал твою любимую воду с Фаи, - сказал Улит, подойдя к нему с графином.

- Надеюсь, в ней нет отключки или баламута, - осторожно спросил Джо, а затем рассмеялся.

Они завтракали блюдами, которые были им даже неизвестны, но оба согласились, что вкус был просто потрясающим.

- Что? – спросил Улит, наблюдая за братом.

Джо поднял на него задумчивый взгляд.

- О чем ты думаешь?

- Об этом, - сказал Джо разводя руками, - обо всем этом. Почему Мельгере всё это недоступно? Почему мы не в круге Ориона?

- Ааа…, - протянул Улит, - именно это я и пытался доказать всем последние десять лет.

Джо взъерошил свои волосы и подпер щеку руками.

- Что, если я проиграю? – спросил он, - что, если не дотяну до третьего тура?

- Не думаю, что тебе стоит об этом думать, - сказал Улит, - одно я понял четко – на дороге ты всегда на своем месте, независимо от того, почему ты там.

- Но я боюсь не за нашу планету, брат, - Джо покачал головой, - как бы это ни эгоистично звучало, я думаю о том, что будет со мной? Без этих гонок, без их любви, без внимания вселенной, моя жизнь теперь не будет иметь смысла.

- Будет.

- Почему ты не сдался после ухода отца? – внезапно спросил Джо, - что заставило тебя вылезти из гуртовских трущоб?

- Было что-то, - ответил Улит. Он снял очки, протирая их от мелких капель, - какое-то чувство… вроде как зов… к движению вперед.

- К движению вперед…, - повторил Джо, - Седьмая Звезда!

Он снова задумался, но перед ними возник сияющий порт.

- Запрос на вторую Пресс-Конференцию, - раздался голос и порт мягко зазвенел.

- Нам пора, - сказал Улит и кинул гоночный пиджак брату.

Все взоры на пресс-конференции были обращены на стол Мардо Китона, который занял первое место, а также на Вута Хангера и Марву Танто, вошедших в тройку.

Слушая их ответы на вопросы Джо почувствовал нечто, чего практически никогда не испытывал раньше. Он завидовал им. Там должен был сидеть он.

В какой-то момент его взгляд встретился с Хэльгой Лутто, сидящей за вторым столом. Она улыбнулась и помахала ему рукой. Значит она попала во вторую десятку подумал он.

Братья Джус, сидящие за третьим столом то и дело бросали на него насмешливые взгляды.

- Вопрос к Джо Ди Маерсу, - раздался голос одного из репортеров.

Джо вздрогнул, но тут же улыбнулся своей улыбкой чемпиона.

- Вы хорошо показали себя на трассе и на полосе препятствий и вошли в пятерку «счастливчиков», прошедших во второй тур. Каково это быть счастливчиком среди профессионалов?

- Я чувствую себя счастливым.

Присутствующие в зале засмеялись.

- Говорят, счастливчики побеждают благодаря не собственным заслугам, а удаче, а вы как думаете?

- Я ничего не думаю, я просто побеждаю.

- Пфф... и это говорит гонщик с 49-го места, - злорадно засмеялся Бинни.

Но Джо продолжал улыбаться.

- Как вы прокомментируете ваше поведение накануне гонок?

- Я выпил слишком много воды.

Зал снова засмеялся.

- И все же возникают сомнения, что вы потратите выигрыш на то, что обещали.

- Смотрите, - сказал Джо, - я действительно сказал лишнего. Но слова ничего не решают. Куда важнее мои действия. Признаюсь честно, раньше я не задумывался о проблемах моей планеты и относился к ним слишком безответственно. И сейчас возможно тоже. Я есть, кто я есть. Но теперь я сижу в этом зале. Благодаря своим усилиям ли или удаче? Я не знаю! Знаю только, что от меня зависит многое. Что мой выигрыш или проигрыш - это шаг вперед или назад для целой планеты, да и для всех планет периферии Ориона. Поэтому, что бы я ни говорил, важно лишь то, приду ли я в третьем заезде первым или нет, верно?

Улит сидящий в зале одобрительно кивнул, как и многие репортеры. Они продолжали задавать вопросы, а Джо смотрел на Элиру, сидящую рядом со своим отцом. Он был на 49-м месте, но это делало его уже немного ближе к ней, чем раньше.

Когда они выходили из зала, братья Джус преградили ему дорогу.

- Первым ты точно не придешь, - процедил Хэрви злобно.

- Может гусеница и стала бабочкой, но её легко прихлопнуть, - добавил Бинни.

- Полегче ребята, - сказал Джо, - в этом заезде я дал вам фору, но во втором, если будете плохо себя вести, это не повторится.

- Не слушай их, Джо, - сказал подошедший Вут и протянул ему руку, - мы немного повздорили, но мы ведь по-прежнему друзья, верно?

Но Джо ему руку не пожал.

- Всё в порядке, - сказал Вут и хлопнул его по плечу, а затем, когда братья отошли добавил, - я бы на твоем месте добавил в машину функцию 2ХС. Это так, чтобы забыть старые разногласия. И не благодари.

Он подмигнул молодому человеку, затем бросил взгляд на приближающуюся к ним Элиру и ушел.

- Нои, - позвал Джо.

- Слушаю.

- В моем авто есть функция 2ХС-754?

- К завтрашнему утру будет, - ответил механик.

Джо расплылся в улыбке, когда к нему подошла Элира.

- Ты спасла меня там вчера утром, - сказал он, - как я могу тебя отблагодарить?

- Не стоит, - отмахнулась девушка, - если и есть что-то, что я люблю в своей работе, так это моменты, когда я оказываю реальную помощь. А это бывает редко.

Она слегка покраснела и Джо, заметив это, улыбнулся.

- Что насчет ужина, который ты мне обещала?

- Я тебе ничего не обещала.

- Нет, кажется, я помню… ты сказала: «Слушай, Джо, если ты не умрешь там на трассе, давай поужинаем в…»

- В Гусенице? – засмеялась Элира.

- Только не там! На этот раз тебе придется спасать меня из какой-нибудь другой забегаловки.

- Как на счет Друзья Звёздного Барона? Там скоро соберутся все финалисты. И я там буду.

- А почему его так назвали? – с подозрением спросил Джо, - Я уже понял, что у всех заведений городка гонщиков есть какой-то подвох.

- В этом нет, - покачала головой Элира, - просто есть легенда, что его основал сам Звездный Барон.

Джо даже не знал кто это, но он уже был уверен, что точно будет там.

Кто-то окликнул Элиру и она, помахав Джо на прощание, ушла, а он еще долго смотрел, как она разговаривает с организаторами гонок вдалеке.

- Твоя маленькая речь там, была отличной, - сказал подошедший к нему Улит, - даже я не написал бы лучше.

- Ты же мне вчера говорил, что я как это там… шифтер? Значит пора приниматься за дело, - улыбнулся Джо своей мальчишеской улыбкой, - пора менять судьбы планет и созвездий, не так ли?

Он сделал паузу и пристально посмотрел брату в глаза.

- Я знаю, что ты не одобришь, - сказал он осторожно, - но я собираюсь на вечеринку. Там будут все финалисты. Возможно, это будет мне даже полезно. Поспрашиваю их что да как…

Улит по-отечески улыбнулся.

- Только если ты обещаешь, что будешь осторожен, Джо. Ты же знаешь, что слишком многие желают тебе поражения.

Джо кивнул и засмеялся, глядя, как дроны снимают его издалека, а затем снова широко улыбнулся.

Попрощавшись с Улитом, он вышел из павильона в городок. Какое же это было наслаждение гулять по планете Агарне и быть гонщиком, прошедшим во второй тур Мега Заезда!

Джо бродил по улицам в поисках бара, о котором говорила Элира и забрел на небольшой рынок. Он с интересом разглядывал то, что продавалось на прилавках. Один из стоящих за витриной пришельцев с синей кожей и сотней маленьких рук, которые расплывались по воздуху в разные стороны, подошел к нему и поклонился:

- Чем могу вам помочь? – спросил он, приглашая его внутрь.

- Я ищу подарок, - сказал Джо, рассматривая диковинные товары - для девушки… что-нибудь необычное…

- Ааа…, - протянул пришелец, - кажется у меня есть то, что вам нужно.

Выбрав подарок и засунув сверток в карман, Джо вышел и последовал за указателями. Вскоре он оказался возле здания в виде космического корабля, на котором красовалась вывеска «Друзья Звёздного Барона».

Когда он зашел внутрь, то остановился в изумлении. По звездному пространству, из которого состоял внутренний зал бара, плыли голограммические существа, которые то и дело подплывали к столам и проходили сквозь них.

Как и говорила Элира, гонщики уже были здесь. Джо попросил столик недалеко от входа, чтобы поймать момент, когда девушка войдет в бар. Но не успел он сделать заказ, как к нему подошла Хэльга Лутто.

- Джо! - воскликнула она и приблизилась к его столу, - ты не против, если я сяду с тобой. У меня здесь практически нет друзей.

Джо был против, но не успел он это сказать, как она села рядом.

- Джаролад из Веи, - сказала она официанту.

- А вам? – спросил тот, повернувшись к Джо.

- Мне ничего, - уверенно сказал молодой человек, - до окончания гонок точно ничего не пью.

- Да брось, я не стану тебе ничего подмешивать, - засмеялась Хэльга, - ему то же самое.

Джо искал глазами Элиру, но её нигде не было.

- Как тебе первый заезд? – спросила девушка.

- Не так, как я себе представлял, - ответил Джо, - кстати спасибо за помощь.

- Не за что, - смущенно ответила Хэльга.

Она придвинулась к нему поближе, заставив его отодвинуться к самому углу сиденья.

- Я очень хочу, чтобы ты победил, Джо, - сказала она, - я желаю тебе победы даже больше, чем себе самой.

Официант принес напитки. Хэльга воткнула в стакан крученую трубочку и глотнула.

- Напитки с Веи придумывают в специальной лаборатории, - сказала она, - я была там и видела всё собственными глазами. Они полезны для здоровья.

Джо осторожно глотнул немного. По его телу прошла теплая волна и, казалось, каждая мышца его тела расслабилась.

- На Мельгере ничего такого нет, - сказал он, - иначе я бы пил это каждый день.

Хэльга приблизилась к нему еще на несколько сантиметров.

- Расскажи мне что-нибудь о себе, Джо, - попросила она, - кто такие гурты?

Джо задумался. Раньше он мог с гордостью расписывать их идеалы, но теперь ему казалось, что и рассказать-то было ничего.

- Они, как бы это сказать… живут в своем собственном маленьком мире, но только потому, что не знают другого, понимаешь?

Хэльга понимающе кивнула.

- Я бы так хотел показать им это, - он развел руками вокруг, показывая на зал, когда его взгляд остановился на Элире, которая смотрела на него и Хэльгу.

Встретившись с ним взглядом, она отвернулась и скрылась в толпе бурно обсуждающих гонки гонщиков.

- Мне пора, - сказал Джо, вскочив с места и мягко отталкивая Хэльгу в сторону.

Она чуть не упала со стула, когда он выскочил из-за стола и помчался сквозь толпу за Элирой, а когда нашел её, преградил ей путь и широко улыбнулся.

- Я ждал тебя здесь целую вечность! – произнес он.

- И кажется тебе не было скучно, - ответила Элира, скрестив руки на груди и глядя в сторону стола.

- Ты про Хэльгу? - Джо отмахнулся, - хотя погоди, - он хохотнул, - Неужели ты хочешь сказать, что ревнуешь?!

- Что? Я? С чего бы это?

- Приветствуем всех финалистов первого отборочного тура Мега Заезда! – раздался громкий голос из ниоткуда и отовсюду сразу, - вчера вы постарались на славу! И сегодня пришло время отдохнуть как следует!

Зал потонул в оглушительном громе музыки, а с потолка полетели мелкие пузырьки.

- Пойдем отсюда, - сказал Джо, стараясь перекричать музыку, - хочу поговорить наедине.

- Далеко идти не надо, - закричала Элира в ответ.

Она поймала один из пузырьков и подула в него. Он стал увеличиваться в размерах и вскоре поглотил их обоих.

Джо заметил, что многие в зале делали также. Через несколько мгновений бар будто остался за прозрачной перегородкой, а они оказались внутри пузыря.

Вокруг был незнакомый пейзаж явно с другой планеты. Темное небо было усыпано звездами, на котором светились четыре луны, нависающие над землей бледными кругами. Рядом было озеро с серебряной водой и голая земля, усыпанная выемками от астероидов, вонзившихся в неё.

- Где мы? – спросил Джо.

- Это пузырьки перемещений с видами других планет, - ответила она, - можем лопнуть его и снова оказаться в баре. Хочешь выберем другой?

- Нет, - ответил Джо,- здесь как раз хорошо.

Они сели на черный валун возле воды.

- Расскажи мне про свою планету, - попросил Джо.

- Она находится в самом сердце X2, - сказала девушка, - в северном округе Ориона, называется P20L5. Я там родилась. Вернее, меня создали.

- А твоя мама? – спросил Джо.

- Она с планеты 73ТЕ12. Но она умерла. Отказалась быть киборгом. Может быть, ты не знаешь, но Х2 это мир киборгов. Я тоже однажды им стану.

- Хм, - Джо тряхнул кудрями и лег на валун, глядя на звезды, - как бы я хотел там побывать. Я бы хотел побывать везде.

- А мне всё равно, - сказала Элира, - я столько видела, что мне уже скучно.

- Поэтому у тебя всегда такой грустный вид?

Элира задумалась.

- Нет, не поэтому, - ответила она, - а потому, что у меня нет талантов.

- Да ну, ты, наверное, просто еще не раскрыла себя.

- Нет, - покачала головой девушка, - мой отец очень богат. Мне с детства было доступно абсолютно всё. Я много вижу и встречаю пришельцев, которые многое могут. Но я сама не могу ничего. Когда я смотрю, как вы садитесь за руль и мчитесь к финишу я…

- Завидуешь?

- Да! Я бы тоже хотела что-то уметь. Но мне ни в чем не хватает мастерства.

- Не могу представить тебя за рулем гоночной. Это очень опасно.

- И всё же. Та девушка, Хэльга, с которой ты разговаривал, моего возраста и вчера она вошла в тридцать первых. А я… я ничего не умею. И мой отец не разрешает мне учиться. Он просто держит меня здесь как украшение.

- Возможно, я мог бы исправить это хотя бы на короткое время.

Джо достал из кармана сверток и протянул ей. Девушка аккуратно развернула его, открыла коробочку и достала две маленькие наклейки.

- Симулятор реальности?

Неожиданно, она поцеловала Джо в щеку, затем наклеила одну наклейку ему на руку, другую себе.

В следующее мгновение они оказались на борту космического корабля в кабине управления. Элира засмеялась, как ребенок и села в кресло капитана. А Джо сел рядом.

- Ты, кажется, мечтала водить космические корабли? – сказал он, нажимая на рычаг движения.

Элира повернула руль и её глаза загорелись.

Они полетели сквозь звездное пространство. Сначала медленно, облетая астероиды, а затем помчались так быстро, как только могли. Казалось, они облетели полгалактики, когда посреди кабины раздался голос Джада.

- Элира!

Девушка вскочила с сиденья, сорвала наклейку с руки и исчезла. Джо последовал за ней. Пузырь, в котором они находились, лопнул и они снова оказались в шумном баре. А перед ними стоял Джад.

- Я ожидал, что ты будешь общаться со всеми гонщиками, а не прятаться где-то с одним, - сказал он, глядя на Джо, который только сейчас заметил, что у киборга вместо зрачков черные огоньки, которые то и дело меняли цвет, - ты должна быть на фотографиях со всеми.

- Простите, сэр, - сказал гонщик, - это моя вина.

- Джо Ди Маерс, 49-е место - произнес Джад, продолжая сверлить его взглядом.

- Пока что 49-е, - поправил его Джо.

Киборг отвернулся и зашагал прочь своей роботоподобной походкой. Элира последовала за ним.

Джо оглянулся вокруг. Без неё ему тут совсем нечего было делать. Он собрался было уходить, когда внезапно перед ним возник пришелец в костюме.

- Джо Ди Маерс, - сладким голосом протянул он.

- Я вас знаю? - спросил Джо.

- Не думаю, - покачал головой пришелец, - но Звёздный Барон уже сделал свои ставки, даже в том, что не касается гонок. Он просил передать вам это.

Он протянул маленький сверток. Джо развернул его.

- Что это? – спросил он, разглядывая жетон, на котором красовался витиеватый не то герб, не то знак.

- Это маленький подарок. Такой получают только самые близкие друзья Барона. Большая редкость.

Пришелец еще раз улыбнулся и исчез, растворившись в воздухе.

Джо не знал, о чем шла речь. Он почувствовал себя ужасно уставшим. Это был прекрасный день, но ему нужно было отдохнуть. Он подкинул жетон в воздух, затем поймал его и спрятал в карман. А потом вышел из бара и телепортировался в отель, где рухнул на постель и сразу провалился в сон.

Глава 15

Враги Вселенной

Когда раздался звонок и включился экран с новостями, Джо открыл глаза и сел на постели. Он подумал, что это было странно для него самого, ведь Улиту даже не пришлось его будить. Но это был день второго отборочного заезда, и он как никогда был готов вступить с другими гонщиками в ожесточенную борьбу.

Джо поднялся, принял душ и вышел на террасу. Легкий бриз доносился с океана, а откуда-то из городка на горах был слышен звон колокольчиков. Он потянулся и присел за стол.

- Посмотрите-ка на это, - воскликнул Улит, выйдя на террасу - кто здесь у нас ранняя пташка?

- Я готов, - сказал Джо и стукнул по столу, - сегодня я порву их всех. Мардо Китон! Вут Хангер! Они еще не видели меня во всей красе!

- Что верно, то верно, - согласился Улит, наливая ему бодрящего напитка.

Но Джо лег на пол и начал отжиматься.

- Надо разогреться перед заездом. Сегодня я должен быть на высоте.

Он сделал сотню отжиманий, сто прыжков, затем потянулся на карнизе. А потом сел и залпом выпил напиток.

Улит включил новости.

- Сегодня, все глаза вселенной вновь обращены на Агарну, где через каких-то полчаса во втором туре стартуют пятьдесят лучших гонщиков, прошедших во второй отборочный тур Межзвёздного Мега Заезда! Среди них Мардо Китон! – лицо гонщика появилось крупным планом на экране, - Вут Хангер! Марва Танто! И многие другие будут бороться за попадание в двадцать пять лучших, тех кто пройдет в главный финальной заезд!

- Джо, поешь что-нибудь, - попросил Улит, - тебе понадобятся силы.

Не отрывая взгляда от экрана, Джо запихал в рот несколько кремовых булочек, кашу, сделанную из чего-то ему неизвестного, и выпил стакан сока. А затем встал.

- Двадцать минут до заезда, - сказал он, - думаю пора идти.

Улит надел пиджак и поправил очки. Перед ним появился сияющий порт. «Запрос на Золотую Трибуну», - услышали они.

- Что ж, удачи, брат, - сказал Улит и похлопал Джо по плечу, - помни, мы оба знаем, что ты лучший!

Он зашел в порт и исчез. Джо улыбнулся, закрыл глаза и, готовый перенестись, подумал «Павильон». Но ничего не произошло. Он не перенесся и не сдвинулся с места. «Павильон!»- снова подумал Джо, но порт не работал. «Ресепшен отеля», «Рынок», «Бар Гусеница» - подумал он – и снова ничего.

- Седьмая Звезда! – заорал Джо и выбежал из номера.

Он оказался в длинном коридоре и понесся по нему вперед, глядя на каждую дверь.

- Нои!

- Да, Джо!

- Опять происходит что-то странное! Я не могу перенестись и снова опаздываю на гонки!

- Где ты?

- В отеле!

- На каком этаже?

- 315-м! Я нигде не вижу лестницу.

- Лестница не подойдет. Там всегда в правом конце есть аварийный лифт, - подсказал Нои.

Джо добежал до конца коридора и затарабанил по кнопке. Через минуту дверь открылась.

В нем стояла старая пришелица в форме с каталкой полной чистящих средств. Она с неприязнью посмотрела на Джо, когда он влетел и десять раз нажал на кнопку «лобби».

- Простите, мэм, - сказал Джо, - Меня с детства мучают две вещи - страх перемещения через порталы и клаустрофобия.

Лифт двигался вниз и Джо казалось, что прошла целая вечность. Он остановился на 117 этаже, и пришелица медленно вышла, толкая вперед каталку, а затем бросила на Джо еще один неприязненный взгляд.

- Ну давай же, - крикнул Джо, нажимая на кнопку, когда дверь закрылась.

Он доехал до лобби и выбежал из здания.

- Не переживай Джо, до гонок еще двенадцать минут. Тебе всего лишь нужно пересечь площадь, подняться на второй уровень и пробежать пять кварталов.

- Пять?!

- Гонщик Маерс! – раздался грозный крик тренера в его ушах, - почему тебя снова нет на стартовой полосе?! Ты что снова зависаешь в Гусенице?!

- Нет, тренер! Всё под контролем! Обещаю! – крикнул Джо и услышал в ответ звук выдыхаемых специй.

Он помчался вперед, что было сил. Пересек площадь – три минуты, поднялся по широкой лестнице на второй этаж – еще две. А затем бросился бежать по широким улицам городка. Вокруг него повсюду плыли по воздуху экраны с трансляцией стартовой полосы.

- Все гонщики второго заезда готовы и ждут сигнала на стартовой полосе. Но где же Джо Ди Маерс? – вопрошал диктор с экрана.

- Да, действительно, его снова нет!

Гонщики разогревали свои авто, которые с диким ревом, крутили колесами и турбинами на месте.

- Пять, четыре, три, два, один!

Гоночный городок потонул в шуме болельщиков.

- И так в эту самую минуту стартовали 49, нет постойте 48 гоночных авто! Они мчаться к цели, готовые бороться за право прохождения в третий главный заезд Межзвездного Мега Заезда! Но где же Джо?

На всех экранах вселенной появился бегущий Джо.

- А вот и он. Посмотрите, как он бежит на гонки! Кажется, опаздывать у него вошло в привычку! – говорили дикторы.

- Может быть, ему просто хочется быть эффектным?

- Так или иначе, у него получилось. По моим данным большая часть зрителей в данный момент смотрит не на участников гонок, а на Джо Ди Маерса, который бежит по гоночному городку!

Но в этот момент Джо влетел на трассу.

- Ящер! – заорал он и Огненный Ящер появился перед ним.

Джо запрыгнул внутрь и нажал на все педали сразу.

- И вот Джо Ди Маерс стартовал!

Казалось, вся вселенная праздновала этот момент вместе с дикторами.

- Всего на три минуты позже остальных, что я бы сказал уже прекрасный результат, ведь прошлый раз это было на 21 минуту позже.

- Что ж, пожелаем ему удачи.

- Тренер Притмут, - задыхаясь орал Джо, - тренер Притмут, я стартовал!

- Разворачивай машину, размазня, ты едешь к солнцу!

Джо услышал запрос на канал гонщиков, а когда переключился, в его ушах раздался громкий смех, слишком преувеличенный, чтобы быть натуральным.

- Ты, бесспорно, легенда, Джо, - услышал он издевательский голос Хэрви.

- «Он просто старается быть эффектным» - хохотал Бинни.

Но Джо уже поравнялся с последними гонщиками. Двое атаковали его справа, но он увернулся. Он ударил одного из них в ответ и столкнул на землю. Но сверху на него слетело чье-то авто и это выбило его с трассы на несколько секунд.

- 656 на 215, 785 на 144, 782 на 448, и снова двое справа. Сконцентрируйся! – рявкнул тренер.

Джо включил режим спирального движения, маневрируя в потоке машин, как рыба в воде. Вскоре половина из них осталась позади.

- 747 на 122, 138 на 654! Очень хорошо, Маерс, ты быстро учишься.

Джо завел турбины и понесся вперед еще быстрее. Он вжался в сиденье от резкого рывка вперед. Ему казалось, что машина плавится, а воздух трещит будто наэлектризованный.

- Ной, машина выдержит? – спросил он.

- Еще как, Джо, я поставил в неё около тысячи предохранителей и три тысячи двести прессоустойчивых пластин.

Услышав это, Джо добавил силы на рычаги. И уже через каких-то пять минут он выбился в десятку, а затем и в тройку первых.

- Справа от тебя Мардо Китон. Слева - Марва Танто, - сказал тренер Притмут, - прибавь скорости, ты должен обогнать Вута Хангера.

Мардо и Марва сжали его с боков, но он вырвался вверх, и они столкнулись друг с другом. А впереди замаячило светло-голубое авто Вута Хангера.

- Молодец, Джо, - услышал он голос Вута в своих наушниках, - всегда знал, что ты достойный соперник. Но как насчет этого?

Из задней части авто Вута вырвалось черное облако дыма и закоптило лобовое стекло Ящера. Джо включил дворники, но они лишь размазывали жирную кляксу по стеклу.

- Разве это не запрещенный прием?!

- Делай то, что я говорю, Джо, и не сбавляй скорость, - сказал Притмут, - 755 на 616, 393 на 594, 155 на 270, маневр 547!

Он продолжал тараторить и Джо ничего не видя и не зная, куда летит, просто несся вперед около десяти минут.

На Золотой Трибуне все глаза были направлены на Джо.

- Он первый, - не веря своим глазам сказал Улит.

- Вот где мастерство гонщика сливается воедино с мастерством тренера! – восхищенно сказал Нуан.

- Не спешите с выводами, - усмехнулся Барвер, - это ведь только начало!

Зельга же попивала напиток и с улыбкой изучала лицо Улита. Внезапно она встала и сняла с него очки, от чего Улит оторопел.

- У вас очень красивые черты лица для кого-то кто родился не из пробирки.

Улиту стало неловко. Он мягко забрал очки обратно, надел их и снова повернулся к экрану.

Джо несся вперед и резко затормозил по указанию тренера.

- Приземляйся, - сказал Притмут, - и скажи Нои, что у него 54 секунды на то, чтобы помыть машину.

Ящер исчез, а Джо остался один на земле посреди пустыни. Он всматривался в горизонт - машины, которые он обогнал, были далеко позади, но уже приближались к нему. Вут Хангер пронесся вперед над его головой.

Внезапно земля под его ногами начала трескаться. Сначала немного, затем больше. Джо сделал шаг назад.

- Беги, - заорал тренер.

И Джо, что было сил ринулся бежать вперед, перепрыгивая через трещины, появляющиеся на его пути. Одна из них была слишком широкой. Джо не удержался и соскользнул вниз, ухватившись за край земли.

Он обернулся – трещина разрасталась, обнажая зияющую бездну. А над ней проносились вперед гоночные машины. Некоторые из них врезались в вырастающие перед ними в скалы.

- Карабкайся вверх, слюнтяй, - рявкнул тренер.

Джо вскарабкался, но только он поднялся на поверхность, как увидел, что одна из гоночных машин несется прямо на него, а волна, которую она создавала, ударила его в грудь еще до столкновения и он полетел вниз в бесконечный обрыв.

- Ящер! – заорал Джо, падая вниз, и ударился о крышу зависшей в воздухе машины. Он скатился в бок и удержался за ручку двери.

- Долго ты еще будешь там висеть, неудачник? Ты скатился на 35-е место! – рявкнул Притмут.

Джо закричал от напряжения и схватился за край двери, а затем потянулся и залез внутрь. Стекло было чистым с мыльными пузырями, которые Нои, видимо, не успел вытереть.

- Все рычаги на полную, 812 на 357, 718 на 324!

Джо уже несся над изъеденной трещинами землей и уродливыми скалами. Он снова обгонял машины одну за другой и был уже близок к Вуту. Когда внезапно Ящер будто приклеился к полу и опустился вниз в темную дыру, а затем резко поднялся вверх.

Джо огляделся. Так же, как и он здесь застряло около десятка гонщиков. Это было похоже на детскую игру в парке аттракционов. Но когда Джо поднял голову вверх он увидел огромного робота с широкой улыбкой, который ударял гигантским молотком по машинам и, если они не успевали попасть в дыру, удар приходился прямо по ним. На мгновение Джо замер в оцепенении, но, когда робот повернулся к нему, он просто закричал.

- Вылазь, сейчас же! – заорал Притмут.

- Нои, забирай Ящера! – закричал Джо и выпрыгнул из машины.

Робот ударил по пустому месту и рассмеялся, но на этом он не остановился. Он последовал за бегущим Джо, стараясь ударить по нему молотком, пока молодой человек не спрятался за массивной железной перегородкой. Он только хотел было позвать Ящера, как нечто заставило его остановиться.

- Хэльга? – воскликнул он, увидев, как девушка прячется недалеко от него.

Он подошел к ней.

- Я боюсь, - сказала она, присев и накрыв руками голову.

Джо не знал, что делать. Он дотронулся до её плеча рукой, а затем слегка приобнял.

- Пойдем, - сказал он, - иначе оба придем последними.

Она кивнула, все еще дрожа и оглядываясь по сторонам, но поднялась и крикнула.

- Луч!

Машина появилась, и она села внутрь, а Джо уже вызвал Ящера.

- Что это было? – воскликнул он забравшись внутрь.

- Ты про девушку или про робота? – язвительно спросил Притмут, а затем заорал - ты с ума рехнулся что ли помогать другим гонщикам? Вут Хангер уже далеко впереди тебя!

От одной этой мысли все силы Джо вернулись к нему, и он полетел вперед на огромной скорости. Это снова была дорога преград и ему пришлось использовать всю свою реакцию, чтобы лавировать между ними и не врезаться.

- Тебе нравится эта девушка? – внезапно спросил Притмут.

- Нет, мне нравится другая, - сказал Джо.

- Элира Брайт?

- Откуда вы знаете?

- Тренер Притмут знает всё обо всем на свете, - ответил слизень и выдохнул пар со специями в уши Джо.

- Мы собираемся пожениться, когда я выиграю. Купим домик где-нибудь в Западной части Ориона. Дети и всё такое.

- Ааа…, - протянул тренер, - какие сладкие мечты, - но пока что ты всего лишь на 25-м месте.

- Вууу-ху, - радостно воскликнул Джо, — это ведь почти первое.

Но в этот момент ему преградила дорогу машина и Джо резко затормозил, чуть ли не врезавшись в неё, а машина исчезла.

- Это Бинни Джус, - сказал Притмут, - а его брат ждет тебя через 200 метров слева.

Джо повернул направо.

- Снова Бинни справа.

- Они что играют со мной в какие-то игры? – недовольно воскликнул Джо.

- Кажется именно так, - ответил тренер, давай-ка попробуем их перехитрить. 757 на 434,175 на 285, маневр 547, 938, 273.

И Джо с быстротой молнии стал лавировать между препятствиями, увиливая от братьев Джус, которые пытались загнать его в ловушку. Это длилось довольно долго, но они не смогли соревноваться с ним долго и вскоре остались позади.

- Хорошо я справился, правда? – присвистнул Джо.

- Не так хорошо, как я, Маерс, - ответил слизень.

- Да ладно, тренер, вы должны хоть немного признать мои заслуги.

Но тренер лишь шумно выдохнул специи.

Пейзаж поменялся и Ящера окатило водой.

- Впереди водяные монстры планеты Ширы, - сказал Притмут, - один неверный маневр, Маерс, и ты превратишься в лепешку.

Перед Джо стали возникать громоздкие водяные фигуры, которые поднимались до небес и, стараясь ухватить машину, падали в воду, разбиваясь вдребезги. Их было так много и возникали они так неожиданно, что перед глазами гонщика всё сливалось воедино, но с ним был тренер и это его спасало.

- Ты хочешь, чтобы я и здесь признал твои заслуги? – спросил Притмут, когда монстры остались позади.

- Нет, - ответил Джо, - но у меня есть один вопрос.

- Выкладывай, умник.

- Почему вы не участвуете?

- Тут ты меня поймал, Маерс, - ответил тренер, - Скажу только, как бы грустно это ни звучало, некоторые рождены для одного, другие для другого. Для меня стать тренером было попыткой воплотить разбитую мечту.

Джо понял, что это его задело и почувствовал себя виноватым.

- Хватит ворошить прошлое, - сказал Притмут, - впереди зеркальный туннель.

- Седьмая Звезда! Что это?

Но не успел Джо услышать ответ, как увидел сотни отражений своего авто, которые разъезжались в разные стороны, и он понятия не имел, где трасса.

- Закрой глаза, не думай ни о чем и делай только то, что я говорю, - сказал тренер и затараторил установки.

Джо так и сделал. Голос Притмута был четким и настойчивым, и гонщик старался концентрироваться только на нем. Это длилось так долго, что в какой-то момент ему стало казаться, что он уже не в машине, а где-то в неизвестной ему реальности и всё что имеет значение, это быстрое переключение настроек.

- Открывай глаза, Джо, - сказал слизень, слегка задыхаясь и втягивая пар со специями, - ты снова на трассе с препятствиями.

Джо посмотрел на экраны. Зеркальный тоннель остался далеко позади. Джо восхищенно присвистнул.

- Что ж, все, что я могу сказать, тренер, так это то, что вы отлично воплотили свою мечту! – сказал он.

На Золотой Трибуне все ликовали.

- Как легко они прошли зеркальный тоннель! – воскликнул Маркен, аплодируя.

К нему присоединились остальные.

- За Притмут, который снова в игре, - предложил тост Нуан, поднимая бокал и чокаясь с остальными, - неужели Джо будет его седьмым чемпионом?

- Осторожно, не сглазьте, - засмеялась Зельга, - на кону судьбы всех планет периферии.

- Даже если политически я с этим не согласен, - сказал Барвер, - должен признаться в душе даже я за Джо.

Но внезапно в зале Золотой Трибуны раздался крик. Все присутствующие обернулись. Перед ними в самом центре появился пришелец. Он явно только телепортировался и глубоко дышал.

- Лагрийцы сеют зло! – заверещал он так громко, как только мог, - Лагра зло! Лагрийцы враги Вселенной!

- Кто пустил сюда этого сумасшедшего? - нахмурился Барвер.

- Они телепортируют мрак по всей вселенной! – продолжал орать пришелец, - договоры с ним верная смерть Ориона! Мы должны остановить их пока не поздно!

Но в этот момент к нему подбежали несколько пришельцев, скрутили ему руки и телепортировали в неизвестном направлении.

- Досадно, - сказал Маркен, - я бы хотел еще послушать его мнение.

- Кому интересно мнение сумасшедшего? – усмехнулся Барвер.

- А ведь первый договор с Лагрой заключил Дормарт, - осуждающе покачал головой Нуан.

- Договор с лагрийцами, а не с Лагрой - поправила Зельга, - Мальдоран и Гратея бы никто не согласились, не надави на неё остальные.

- Вы хотите обсудить политические дела? – с вызовом спросил Барвер.

- Успокойтесь, господа – сказал Маркен, - мы здесь не для этого. Давайте сконцентрируемся на гонках.

- Давайте, - согласился Нуан, - но только не забывайте, что в Лагре не был ни один из нас, а она уже подбирает под себя власть над округами Ориона.

Улит стоял, почти ничего не понимая. Он боролся за интересы Мельгеры так долго, что практически ничего не знал о политических проблемах Ориона. Разговоры об угрозе исходящей из «округа богов», как называли Лагру, взволновали его еще больше.

- Впереди Песчаный город, - сказал тренер.

- Это еще что? – спросил уставший Джо.

Но пейзаж уже поменялся, и он въехал в город, гротескные развалины зданий которого тянулись так высоко вверх, что их крыш не было видно.

- На вид красиво, - сказал гонщик, лавируя между стенами и пролетая сквозь окна.

Но в следующий момент стены стали рушиться, поднимая вверх облака песчаной пыли.

- Впереди тебя Марва Танто, - сказал тренер в перерывах между установками, - кажется она что-то задумала.

Девушка лавировала между зданиями и разрушала их перед самым носом Джо так, что он еле уворачивался от обломков. Она делала это так ловко, что у молодого человека едва хватало реакции заметить её машину. В какой-то момент она загнала его в тупик и преградила путь собой, прижав к стене. Джо со всей силы нажал на рычаги движения, пытаясь выбраться, но безуспешно, а над ним уже рушилась стена, готовая вот-вот упасть и придавить на месте.

- Ты выскочка, Джо, - услышал он её едкий голос в своих ушах, - ты неудачник! И останешься здесь навсегда!

- Кажется ты обещала, что я не дотяну и до середины первого тура, - ответил гонщик и переключился, - Нои, забери машину.

Ящер исчез и Джо полетел вниз в песчаную неизвестность.

- Ящер! – заорал он на лету.

Машина снова появилась и он, перекатившись через крышу, залез внутрь в последний момент увернувшись от падающей стены. А затем ринулся вперед так быстро, что нагнал Марву Танто и с силой ударил её машину в бок. Девушка потеряла управление, но тут же сориентировалась и исчезла в облаке песчаной пыли.

- Как думаете, тренер, стоит ли её искать?

- Она перешла на параллельную трассу, - ответил Притмут, - глупое решение на мой взгляд, но нам на руку.

Джо поднажал, лавируя между падающими зданиями и вскоре пейзаж начал меняться. Вокруг были груды мусора, поднимающиеся до небес. Ящер летел мимо них и рассекал воздух, когда внезапно его стало сносить в сторону.

- Долина ветров планеты 7L20, - сказал Притмут, - так я и думал. Здесь я бессилен. Действуй по интуиции и старайся, чтобы тебя не сносило.

Ящера мотыляло из стороны в сторону и Джо, который, казалось, вот-вот вылетит из кабины, едва справлялся с управлением.

В какой-то момент он чуть не влетел в гору мусора, но, к его счастью, еще один поток воздуха снес его в сторону.

И, когда казалось, будто этого было недостаточно на лобовое стекло Ящера упало нечто странное, за ним еще одно. Гонщик пригляделся – это были маленькие человекоподобные роботы.

- Мусоросборщики, - сказал Притмут, - их сконструировали, чтобы разбирать на части большие конструкции.

- Вроде моей машины?! - заорал Джо, глядя как один из них отрывает металлическое покрытие Ящера.

Он повернул автомобиль на бок, стараясь стряхнуть роботов. Но они один за другим облепляли её, разрывая на куски. Джо открыл окно и ударил одного из них, затем другого, но их появлялось всё больше и больше.

- Давай попробуем штопор, - сказал Притмут и начал диктовать настройки.

Ящер закрутился спиралью и понесся вперед, сбивая всех роботов разом. Джо просто кричал, не в силах остановиться. Но внезапно Ящер пересек невидимый барьер, влетел в звездное пространство над поверхностью неизвестной им планеты, а затем завис в нем. Машина медленно крутилась среди звезд, а вместе с ней и Джо, у которого голова шла кругом.

- Исчезла гравитация, - задумчиво констатировал Притмут, вероятно решая, что делать.

Джо увидел еще три гоночные впереди. Они медленно крутились в пространстве, переворачиваясь вокруг своей оси. Воздух в машине стал заканчиваться, и гонщик начал задыхаться.

- Джо, - сказал Нои осторожно, - ты просил функцию 25ХС. Она создает гравитационное поле. Чтобы активировать её нужно переключить 912 на 70.

- Седьмая Звезда, – облегченно выдохнул Джо и последовал его совету.

Машина ринулась вперед.

- Что ты делаешь, Маерс? – рявкнул Притмут.

- Всё в порядке, тренер, - задыхаясь сказал Джо, - Сейчас мы выберемся отсюда.

- Я, кажется, не говорил тебе этого делать!

Но было уже поздно. Джо на всей скорости несся в открытый космос и со всей силы влетел в невидимую стену. Реальность будто разорвалась на части, и Ящер упал в бурлящую реку, текущую по космическому пространству.

Гонщик потерял управление. Вода залила кабину машины. За несколько секунд его унесло к краю, который тянулся по всему горизонту, куда хватало глаз.

Ящер жалобно скрипнул и полетел вниз бесконечного водопада. Джо захлебнулся, но Нои, видимо поняв, что не дождется его команды, забрал машину. И вот уже гонщик летел вниз в мощном потоке воды.

Он влетел в озеро, опустился до самого дна и потерял сознание. Казалось, он провел там целую вечность в плотной темноте, когда перед его внутренним взором всплыл стадион «Звёздный Заезд».

Гурты громко кричали «Джо! Джо! Джо! Ди! Ди! Ди! Мааааааерс!». Он не мог их подвести. Но где он находился? Внезапно он вспомнил, открыл глаза и вдохнул воду. Но это его не остановило. Он оттолкнулся ногами от дна и из последних сил поплыл наверх.

- Зрелищно, но жестоко, - сказала Зельга, потягивая коктейль.

- В этом году жертв уже вдвое больше, чем обычно, - согласился Нуан.

- А, по-моему, лагрийцы добавили огоньку, - щелкая орешки сказал Барвер.

Улит же замер на месте, глядя на экран. Его сердце учащенно билось, а руки дрожали. Он ждал, что Джо выплывет на поверхность, но этого не происходило и он не мог терпеть дольше.

- Неужели вы не понимаете, что они умирают?! – воскликнул он, - Они просто умирают и всё! Это уже не спорт! Это борьба за выживание!

- Все в порядке, - хлопнул его по плечу Маркен, - 50 миллиардов на то, что Джо выживет в этом испытании.

Ставка была принята и как он и предсказал, Джо вынырнул под громкие аплодисменты зала.

- Я же говорил, - улыбнулся Маркен, облизывая дольку апельсина, - 500 миллиардов на то, что Джо войдет в тройку финалистов. Я, кажется, верю в твоего брата больше, чем ты.

Перед ним вспыхнул и погас маленький полупрозрачный экран.

- Почему ты не делаешь ставки? – спросил Барвер, повернувшись к Улиту, - это же так весело!

Улит поверить не мог в то, что видел. Им было все равно умрут или выживут те, кто участвовал. Он оставил их и прошелся по залу, но куда бы он ни свернул, кругом он видел только то, как пришельцы делают ставки.

Джо вылез на сушу. Тряся мокрыми кудрями, он кашлял без остановки и не мог разобрать, что кричал ему тренер. А затем просто лег на землю, не в силах подняться. Он смотрел на небо, на то, как оно переливается всеми цветами, на птицу парящую над ним, и он понял, что жив.

- Вставай сейчас же, гонщик Маерс, - настойчиво требовал Притмут.

- К черту всё, я не могу, - ответил наконец Джо.

- Если ты будешь лежать здесь и ныть как морские котики Варьи, то останешься неудачником до конца своих дней.

Но Джо не мог подняться с места.

- А как же девчонка Брайт? Ты заметил как Вут Хангер смотрел на неё на конференции? – спросил тренер, - а я заметил. Он глаз от неё не мог оторвать. А ведь он сейчас лидирует и только представь, как она будет на него смотреть, когда он придет первым?

Джо оторвал голову от земли и резко поднялся.

- Ящер, - крикнул он.

Машина появилась перед ним.

- Нои выкачал воду настолько насколько мог, - оправдываясь тараторил механик, - но остатки влаги могут повлиять на управление. И… Джо, Нои ужасно виноват и просит прощения.

Но Джо уже сидел в машине и натягивал на глаза гоночные очки.

- 500 на 117, 400 на 547.

Гонщик несся вперед и пейзаж вокруг него менялся.

- Тренер, - сказал Джо, - это Вут Хангер подсказал мне про функцию 25ХС. Может ли быть такое, что он знает, что будет ждать нас на трассе?

- Единственное, что имеет значение, Маерс, так это то, что у тебя хватило ума послушать его, не спросив меня! Здесь только я диктую направление!

- Понял, - ответил Джо, - а вы знаете кто такой Звездный Барон?

- Это еще тут причем?

- Он сказал, что я его друг.

- Не смеши меня, Маерс, у Звездного Барона нет друзей.

Джо выжал все педали движения и полетел вперед быстрее молнии. Барьеры возникали перед ним так внезапно, что он едва успевал уворачиваться от них. И снова среди них сначала мало-помалу, затем всё чаще и массивнее – облака мрака.

- Не смотри на него и не думай о нем, - приказал Притмут, будто чувствуя, как взгляд Джо задерживается на бесконечно черных массах мрака, - ты должен обогнать Мардо Китона.

Прошло несколько минут, которые показались Джо вечностью, и впереди замаячило желто-черное авто Мардо Китона.

- Он так просто тебе не уступит, - предупредил Притмут.

Но Джо опустил взгляд и увидел, как кусок железа торчит у него в боку и кровь струиться по сидению машины.

- 574 на 360, 155 на 340, - Притмут громко вдохнул специи, - ты должен финишировать до того, как он придет в себя!

Из последних сил Джо последовал его приказу. Ящер заскрипел и поднялся в воздух. Всё расплывалось перед глазами, но гонщик просто делал то, что говорил тренер и Ящер вновь понесся вперед.

Прошло несколько минут, и он въехал в белую стену света.

- Ты пересек первый барьер, - сказал слизень.

Непроницаемая черная стена снова выросла перед глазами гонщика. Он не мог оторвать от неё взгляда.

- Тормози, Маерс!

Джо несся на полной скорости вперед по пустому пространству, когда Притмут закричал так, что это больно ударило по барабанным перепонкам гонщика.

- Я сказал тормози, сейчас же!

Джо резко нажал на тормоза. Машина сделала три кувырка в воздухе и приземлилась прямо за тонкой едва заметной чертой.

- Ты пересек второй барьер, - выдохнул специи Притмут.

Молодой человек посмотрел на свой живот. Он выдернул железный прут, торчащий из его бока, и прижал руку к ране. А затем вылез из машины, оставляя за собой красную кровавую дорожку. Каждая мышца его тела дрожала от напряжения. Он посмотрел на Ящера. Вернее, на то, что от него осталось, а затем на стену мрака и упал без сознания.

Глава 16
Поправка 7712

Свет был бесконечным. Настолько ярким, что пронзал насквозь и растворял всё, что попадалось на его пути. Из него возникли еще более яркие светящиеся сущности.

- Где я? - спросил Джо.

- В Лагре, мой друг, - ответило одно из них, - в мире богов…

И свет снова потопил в себе всё вокруг.

- Глубоко его кольнуло беднягу, - услышал он голос над сбой.

- Слишком много их в этом году полегло.

- Интересно, сколько дойдут до финала?

Джо открыл глаза. Это была совсем не Лагра. Трое киборгов, двое мужчин и одна женщина, стояли над ним и водили странными аппаратами над его животом.

- Ты проснулся? - спросил один из них.

- Седьмая звезда… Где я? – Джо ворочался от боли.

- В больнице городка гонщиков, - ответил киборг, - я доктор F425, а это доктора D7N40 и LK917. Мы вернули тебя к жизни.

Гонщик посмотрел на абсолютно гладкую кожу на боку без намека на ранение.

- Вас людей легко подлатать, но и легко вывести из строя, - продолжил доктор, - Настоятельно рекомендую перейти на киборническую модель существования.

- Спасибо, я пас, - сказал Джо, пытаясь подняться.

- Не думаю, что двигаться хорошая идея, - сказал F425, - после болевого шока, который вы пережили и такой сложной операции заживления рекомендуется лежать как минимум 17 дней.

- У меня нет 17-ти дней, - стоная ответил Джо, - а какой сегодня день?! – резко спросил он.

- Не беспокойся, - улыбнулся доктор, - ты не пропустил третий заезд. Он будет завтра.

- Каким по счету я финишировал?!

Доктора переглянулись.

- Тренер Притмут! – закричал Джо, - Тренер Притмут!

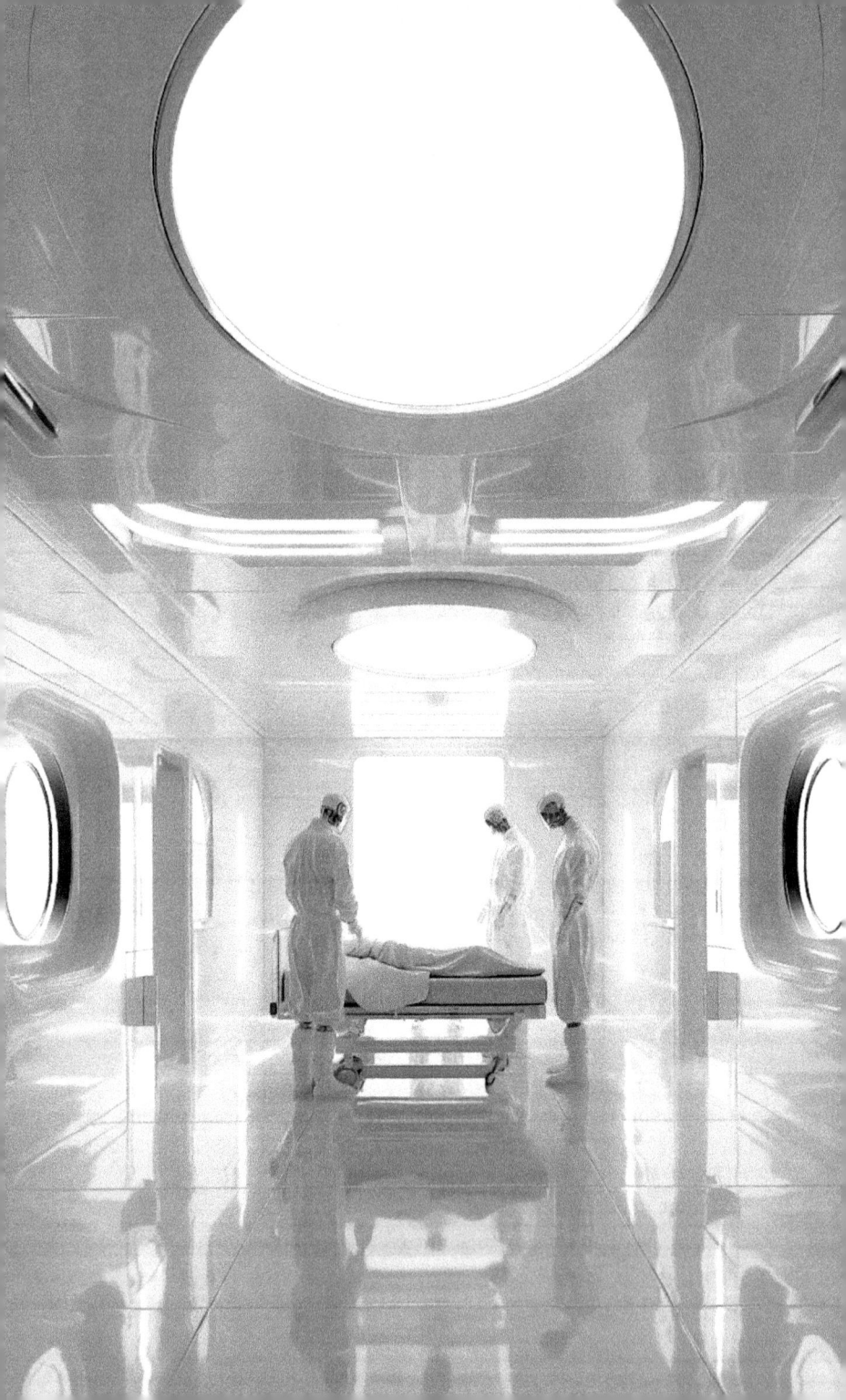

- Мы взяли третье место, - услышал он знакомый голос в своих ушах, - но в третий заезд ты не пойдешь.

- Но..., - от негодования Джо начал задыхаться.

- Ты пережил очень серьезную операцию, мальчик! С третьим туром ты не справишься. Благодари вселенную, что выжил. А теперь собирай монатки и отправляйся домой на Мельгеру и точка.

И тренер отключился.

- Нет! – воскликнул Джо, - Нет! Нет! Нет!

Он скатился с постели и пополз по полу к выходу.

- Отель! – крикнул он.

- Вы не можете телепортироваться из больницы, - сказал D7N40, поднимая его маленьким ручным аппаратом вверх и снова укладывая на постель, - вам придется остаться здесь до полного выздоровления.

В палату вбежал Улит, а доктора вышли.

- Прости, Джо! – сказал он чуть не плача, - это я! Я во всем виноват! Это я заставил тебя отправиться на эти гонки!

- Улит, я порядке! Лучше скажи почему они не разрешают мне отправиться в финальный заезд?!

Улит нервно поправил очки.

- Крови было столько, что они даже на экранах это не показывали. Мы все думали, что ты умрешь.

- Но я ведь не единственный, кто умер бы на этих гонках.

- Именно поэтому мы должны возвращаться обратно и забыть всё как страшный сон, – он понизил голос до шепота, - лагрийцы сделали игры слишком опасными. Это уже не нравится многим.

- Я не многие. Я лучше умру, чем не буду участвовать!

Но Улит покачал головой.

- До финиша дошли только 24 участника.

- Это на одного меньше, чем предполагалось, - обрадовался Джо, - меньше конкуренции в финале.

- Ты не будешь участвовать, - твердо сказал Улит.

- Еще как буду!

- После операции ты не сможешь! Это верная смерть!

- Еще как смогу!

Улит вздохнул. Он встал, сделал круг по комнате, а затем вернулся и сел на край кровати.

- Я почти потерял тебя, Джо, а мама… Никто тебе этого не позволит. Я подписал бумаги за тебя. Тебе ведь еще нет восемнадцати…

Лицо Джо вытянулось, а глаза стали круглыми. Несколько мгновений он не мог собраться с мыслями.

- Ты этого не сделаешь, - сказал он наконец.

- Уже сделал.

Улит поднялся и сделал несколько шагов назад.

- Всё решено, - повторил он, - никто не будет ничего менять.

- Тогда убирайся! – крикнул гонщик и кинул в брата подушкой, - убирайся и никогда не подходи ко мне снова!

Улит встал. Он топтался на месте, не зная, что сказать, но, когда он увидел слезы в глазах брата, повернулся и выбежал из комнаты.

Джо лежал и ему было больно. Но не там, где была рана. Он ведь вошел в тройку финалистов! Он добрался до финиша! Он почти победил! Почему же теперь они запрещают ему участвовать и диктуют условия?!

- Нои, - позвал он чуть не плача.

- Да, Джо, - печальным голосом ответил пришелец.

- Как Ящер?

- Он всего лишь машина. Его легко привести в норму.

Джо шмыгнул носом.

- Тебе понравился второй заезд?

- Он всем понравился, Джо. Сам посмотри.

Джо включил экраны. Перед его глазами в воздухе по всем каналам закрутились репортажи с разных планет. Жители со всех округов Ориона и его периферии обсуждали гонки и просматривали лучшие моменты. Они скандировали имена финалистов. На их домах, как и на их одежде красовались лица Вута Хангера, Марвы Танто и самого Джо.

Молодой человек улыбнулся. Он ведь заслужил их любовь и восхищение.

- Почему же они не пускают меня в третий заезд?

- Все хотят, чтобы Джо Ди Маерс жил, - ответил Нои, - и сам Нои тоже очень хочет этого.

- Второй тур Межзвездного Мега Заезда был захватывающим и отсеял больше половины участников, - говорил диктор, - до сих пор остается под вопросом сколько прошедших во второй тур будут участвовать в третьем. Финалисты Вут Хангер и Марва Танто серьезно не пострадали, но Джо Ди Маерс, которому удалось обогнать Мардо Китона и прийти третьим в данный момент находится в больнице. Его участие до сих пор под вопросом, как и сама жизнь гонщика. В десятку финалистов также вошли братья Джус, Хэльга Лутто и …, - он продолжал перечислять имена.

- Вут Хангер знает, что будет на трассе, - сказал Джо обиженно.

- Не исключено, - ответил Нои, - его отец один из главных спонсоров мероприятия.

- Они отключили мои порты.

- Согласен, это подло.

- И как можно выиграть, если они знают всё наперед и делают что хотят?

- Но в гонках дело не только в знании трасы, верно? – сказал Нои, - ты прирождённый гонщик, Джо. Твой талант куда опаснее, чем их подготовка.

- Значит, я могу выиграть третий тур!

- Твой брат уже решил всё за тебя.

От злости Джо стукнул по неизвестному прибору и тот запищал. В палату зашла LK917.

- Подготовь Ящера, Нои! – крикнул Джо, - я сказал подготовь его!

- С тобой хочет поговорить девушка, - сказала LK917, - она уже давно тебя ждет.

По телу Джо прошла теплая волна. Он стал приглаживать свои непослушные кудри, но, когда в палату вошла Хэльга, он расслабился и чуть ли не воскликнул от разочарования.

В руках у неё были электронные цветы, которые меняли цвет. Она поставила их в вазу и присела на край кровати.

- Как ты себя чувствуешь, Джо?

- Лучше не бывает, – ответил гонщик.

- Я слышала ты не будешь участвовать.

- Буду! – резко перебил её он, - я буду участвовать!

- Хорошо, - сказала Хэльга, - потому что они празднуют то, что ты выбыл.

Джо со злостью ударил подушку. Возмущение в нем только росло.

- Я пришла сказать спасибо. Там на трассе ты меня спас.

- Ты бы сделала то же самое, - сказал Джо, - подумать только, ты испугалась игрушечного робота.

- Он ведь пытался меня убить!

Хэльга улыбнулась, а затем замялась, будто раздумывая сказать или нет.

- Что? – спросил Джо.

- Мне сказали, ты хочешь уехать с Мельгеры, - сказала она, - на моей планете очень хорошо. Северная Гратея прекрасное место. А Ливарда одна из лучших планет нашей системы. Моя семья была бы рада помочь тебе…

- Мне это не нужно, Хэльга, - сказал Джо резко.

Девушка опустила глаза.

- Спасибо за заботу, но я сам найду свое место в жизни.

- Ты же знаешь, что она не для тебя, - внезапно сказала Хэльга, - кроме того, чем она так хороша?

- Надеюсь ты сейчас про мою планету, - сказал Джо.

Но Хэльга встала и направилась к выходу.

- В финальном заезде мы больше не будем друзьями.

Джо пожал плечами.

- Кажется меня туда вообще не собираются пускать.

Хэльга вздохнула, хотела что-то сказать, но передумала и вышла из палаты.

Оказавшись один, Джо встал и, еле удерживая равновесие, направился к двери. Но только он попытался её открыть, как наткнулся на невидимый барьер. Окна также были закрыты.

Гонщик вернулся в постель и пролежал в палате до вечера, глядя на экраны, где то и дело мелькали его видео и фото, а толпа скандировала его имя.

Джо узнал, что поднялось движение за права планет периферии и о той роли, которую он в этом играл. Он понял, что был им нужен, так же как они были нужны ему.

Он ждал, что они придут и помогут ему выбраться и участвовать. Но время шло, и никто не приходил. Отчаявшись, он сдался и уснул.

- Джо, - услышал он сквозь сон, - вставай Джо!

Гонщик открыл глаза и сел на постели. В палате было темно. Только тусклый свет ночника освещал…

- Элира! – чуть ли не крикнул гонщик, но девушка приложил палец к губам.

Джо не выдержал и обнял её. Он чувствовал, будто потерял лучшего друга и не видел сто лет, а теперь она была перед ним.

- Почему ты не пришла раньше? Я ждал тебя больше, чем третьего заезда!

Девушка слегка покраснела.

- Отец не хочет, чтобы я с тобой разговаривала.

Джо возмущенно выдохнул и покачал головой.

- Скажу тебе честно, многие не хотят твоего участия в гонках, - сказала Элира шепотом, - они давят на Межзвёздный комитет, снова поднимая вопрос о легитимности твоего участия. Но те, видимо, сами не ожидали, что ты придёшь третьим. И теперь отменять что-либо уже поздно. Все планеты периферии, да и многие влиятельные планеты, хотят твоей победы. Из-за тебя в Орионе начались сильные политические дискуссии.

- Значит, я должен участвовать! Если бы не мой брат! Поверить не могу, что он подвел меня в самый последний момент!

Элира кивнула. Она хотела что-то сказать. Джо это видел.

- Твой брат ничего не решает, - наконец сказала она осторожно.

- Но ведь мне только шестнадцать. Он отвечает за мое опекунство.

- Только не в гонках. В мероприятиях Межзвездного Комитета есть множество поправок, в которых говорится, что участники независимо от возраста могут решать всё сами за себя.

- Значит, он обманул меня?! – воскликнул гонщик.

- Он пытается защитить тебя, Джо. Возможно даже, это идея Нои или Притмута, ведь твой брат не знает всех законов Агарны. Но ты сам… действительно ли ты сможешь участвовать?

- Седьмая Звезда! Я здоров как мельгерийские буйволы, - ответил Джо и похлопал себя по боку, где была рана, - видишь ничего нет!

- Что ж, тогда всё, что тебе нужно сказать докторам так это то, что ты используешь поправку 7712 договора гонщика с Межзвездным Комитетом.

- В чем она заключается?

- В том, что ты, как участник, борющийся не ради своей выгоды, имеешь право сам решать свою судьбу в гонках.

- Седьмая Звезда! – воскликнул Джо.

Он замолчал, осознавая то, что она только что для него сделала.

- Помогать людям, - сказал он.

- Что?

- Помогать людям. Вот в чем твой талант.

Элира застенчиво улыбнулась.

- Я переживаю за тебя, Джо.

- Да брось, - отмахнулся гонщик, - вот увидишь, я займу первое место и мы всю жизнь будем вспоминать, что это было только благодаря тебе!

Элира взяла его руку в свою и Джо перестал смеяться.

- Пообещай мне, что после окончания гонок, ты заберешь меня из Х2… пообещай мне, что мы сбежим вместе! Есть еще много такого, чего ты не знаешь о моем отце, об Х2 и о том, что ждет Орион в будущем.

Сердце Джо учащенно забилось.

- Обещаю, - твердо сказал он.

Гонщик крепко сжал её ладошку в своих руках, а затем мягко притянул к себе, и она прилегла рядом с ним.

- На свой выигрыш, после воды для Мельгеры, конечно, я первым делом куплю космический корабль, - сказал Джо, - самый быстрый и самый мощный из всех, какие видела вселенная. И мы помчимся по периферии Ориона туда, где, говорят, находится Лагра.

- Ммм..., - мечтательно протянула Элира.

- Мы поговорим с богами. Обсудим, что да как. Они выделят нам кусочек земли, где-нибудь в самой райской части их мира.

- И мы построим дом.

- Огромный особняк. Заведем семью. Десять – пятнадцать детей.

- Они все будут гонщиками, - добавила Элира.

- Ага… будут колесить на своих маленьких гоночных по периметру Лагры, пока боги не найдут им занятие получше.

Девушка поднялась и пристально посмотрела Джо в глаза. Он придвинулся поближе и мягко поцеловал её в губы.

Он крепко обнял её, но она поднялась и направилась к выходу.

- Я очень хочу, чтобы ты пришел первым, Джо, - сказала она, - От этого теперь так много зависит.

- Так и будет. Обещаю! – сказал он.

Элира бросила на него прощальный взгляд и вышла из палаты.

А Джо продолжал лежать, глядя в поток, на котором крутились релаксирующие узоры. Так хорошо ему не было никогда в жизни.

Он чувствовал, будто всё его существо было наполнено светом и теплом. «Любовь?» - пришло ему в голову. Такое он испытывал первый раз в жизни. Он чувствовал, будто в бесконечной вселенной, как бы невозможно это ни звучало, он нашел вторую потерянную часть себя. И в этом сладостном состоянии, и в мечтах о прекрасном будущем он погрузился в сон.

Утром доктора F425 и LK917 долго осматривали Джо и водили по его телу разнообразными приборами. Гонщик же ждал, когда они закончат с широкой улыбкой на лице.

- Внешние и внутренние ткани срослись хорошо, - констатировал F425, - но не стоит их беспокоить в ближайшие две недели.

- Какие развлечения предпочитаете? – спросила LK917, - у нас есть множество симуляторов реальности, в которых время пролетит незаметно.

- Поправка 7712, - коротко сказал Джо.

Доктора переглянулись. Перед их глазами появился полупрозрачный экран, по которому бежали строчки, буквы и цифры.

F425 вздохнул и покачал головой, а LK917 усмехнулась.

- Про тебя многое говорят, - сказал доктор, - я и сам смотрел гонки, не отрываясь от экранов. Я бы сейчас сказал тебе, что это шоу не стоит того, чтобы рисковать жизнью, но ты ведь здесь не для этого, верно?

Джо кивнул.

- Свободен, - махнул рукой доктор.

Джо вскочил с места и быстро переоделся.

«Гоночный Павильон» - подумал он и в следующее мгновение оказался там.

Большинство гонщиков уже было здесь. Они разминались и разогревали машины. Вдалеке Джо увидел Бинни и Хэрви, которые замерли на несколько мгновений, увидев его. Но затем, злорадно улыбнувшись, помахали ему. Он замахал им в ответ как будто они были старыми друзьями.

Мардо Китон и Марва Танто тоже были там. Они окинули Джо холодным взглядом. А вдалеке на возвышении для спонсоров он увидел Вута Хангера рядом с Элирой. От этого ему стало совсем нехорошо на душе.

- Нои, - позвал он.

Но ответа не последовало. Джо прошелся по периметру.

- Я знаю, что ты там, - сказал Джо, - я знаю, что ты сидишь в своей маленькой мастерской и ждешь, когда я свяжусь с тобой. Я также знаю, что ты уже починил Ящера и ждешь моей команды. Потому что мы с тобой одной закалки… ты и я… мы гонщики! Гонки для нас всё, не так ли? Только я за рулем, а ты чинишь и конструируешь. Единственное, что имеет для нас значение это движение… вперед… к финишу. Разве не так?

Он сделал паузу.

«Ну же, Нои!» - подумал Джо, - «отзовись!»

Он подождал еще несколько мгновений.

- Нои почти починил Ящера, - тихо сказал пришелец, - почти.

Джо закрыл глаза и подпрыгнул на месте.

- Молодчина, Нои! До заезда еще есть время. Успеешь?

- Нои успеет, Джо, он будет еще лучше, чем новый. А ты?

- Я уж лучше, чем новый, - ответил Джо, - шутишь? Эти ребята киборги из Х2 починили меня за какие-то сутки. Только скажи мне, что ты со мной?

- Нои, всегда с Джо Ди Маерсом, - ответил пришелец, - он видел его талант еще давно, там, на гуртовском стадионе. Но Притмут…

- Предоставь это мне! – воскликнул Джо.

Он так радовался, что стал привлекать внимание. Бинни и Хэрви приблизились к нему.

- Сколько радости, - протянул Бинни, а затем добавил издевательски - папочка-брат отпустил малыша Джо на гонки?

- Именно так, если хочешь знать, - ответил Джо.

- Хорошо, - ответил Хэрви, - очень хорошо. Только жаль, что Притмут покинул Городок Гонщиков.

В душе у Джо похолодело. Он не ожидал это услышать. Бинни и Хэрви переглянулись и засмеялись.

- Ты даже не знал! Верно?

Джо выдавил из себя самую беззаботную улыбку, на какую был способен, но они засмеялись еще громче и ушли.

Он напряженно думал. Бежать за Притмутом было уже поздно. Неужели он и вправду бросил его?

- Тренер Притмут, - позвал он, - я всего лишь хотел сказать, что использовал поправку 7712 и Нои снова в команде.

Но ответа не последовало.

- Я не могу ехать один, - выдохнул Джо, - вернее могу, но не смогу победить!

Но канал был пуст.

- Тренер Притмут, если не вы, я приду последним! – заорал Джо так громко, как только мог.

Гонщики вокруг оборачивались. Некоторые смотрели на него с сочувствием.

Джо пнул стоящий рядом баннер и отошел в сторону.

- Плевать! Поеду один!

Он включил экран, который появился перед ним в воздухе и стал смотреть новости.

- Джо! Джо! Джо! Ди! Ди! Ди! Маааерс!!! – скандировали толпы по всей вселенной.

- По последним данным, Джо Ди Маерс оправился от раны, полученной во втором туре Межзвездных Мега Гонок и уже готов к участию в третьем!

На экране Джо увидел себя, гуляющим по периметру павильона. Это был тот момент, когда он разговаривал с Нои.

- Однако тренер Притмут Уолш покинул Городок Гонщиков сегодня утром. Значит ли это, что Джо будет преодолевать трассу один? Никто не сомневается в его гоночном таланте, но без тренера еще ни один гонщик не выигрывал в третьем туре.

- Значит, это правда, - Джо отключил канал.

Он просидел в павильоне около часа, наблюдая за гонщиками. Тренеры и родственники некоторых были с ними. А он был один. Но Джо это не пугало. Только бы сесть за руль и снова почувствовать скорость.

Наконец они стали выходить из Павильона. Джо собрался с духом, бросил последний взгляд на Элиру, которая улыбнулась ему в ответ, и последовал за толпой гонщиков к стартовой полосе.

Глава 17

Финальный Заезд

◉

Так вот как начинаются Мега Гонки. Эти полчаса, когда гонщики готовятся к старту, кажется, длятся вечно. Ты сидишь в машине и ждешь, когда можно будет двинуться с места, а весь мир глазеет на тебя, ожидая великого шоу.

Внутри жарко и скучно и немного страшно. Но ты уже всеми мыслями в дороге, преодолеваешь препятствия одно за другим.

От нечего делать ты следишь за координатором гонок. Он много разговаривает и улыбается, объясняет неизвестным, но важным личностям что, да как и почему. Возможно, со временем, когда ты не сможешь сидеть за рулем, тебе подойдет такая профессия.

Джо осматривал Ящера. Он был как новый. Все экраны и рычажки, да и обивка тоже сияли новизной. Даже наклейка с изображением птице-ящера была ярче, чем раньше. Нои постарался на славу.

Джо выглянул из окна – там пахло пылью и песком, а вдалеке до самого горизонта тянулась пустыня.

- Гонщик Маерс, - раздался знакомый низкий голос в ушах у Джо, за которым последовал дым со специями, - Не могу поверить, что ты не опоздал.

- Тренер Притмут! – воскликнул молодой человек.

- Значит, ты решил плюнуть на мнение остальных и выйти на трассу?

- Именно так, тренер, и я готов бороться за победу!

- Не скажу, что я этому рад, - сказал слизень, снова выдыхая дым в уши Джо, - но твой брат убедил меня, что оставить тебя было бы большей ошибкой, чем попытаться привести к финишу.

- И вы вернулись!

- Жизнь - это тоже гоночная трасса, Джо. Наши решения как настройки автомобиля. Давай зададим им жару и оба придем первыми туда, куда направляемся!

Джо мысленно поблагодарил Улита, а затем натянул гоночные очки и посмотрел вперед на дорогу. Впереди возникло табло, тянущееся по всему периметру гоночного старта.

- Пять, четыре, три, два, один!

Машины ринулись вперед. Стадион растворился и исчез, а вместо него возникла пустыня.

- Солнце позади тебя, - сказал Притмут, - просто двигай вперед на полную!

Джо обгонял одну машину за другой и сразу вырвался вперед.

- Вот, что происходит, когда Джо Ди Маерс не опаздывает, - говорил диктор, - несмотря на полученную недавно травму, он снова в игре и снова первый. И, кажется, на этот раз настроен выиграть во что бы то ни стало!

Улит стоял на Золотой Трибуне и наблюдал за гонками. Он выглядел измученным и бледным.

- Как вам не стыдно, - обратился к нему Барвер, - вы пытались лишить нас такого зрелища.

- Он чуть не умер, - напомнил ему Улит.

- С нынешней медициной умереть сложно, - Нуан был воодушевлен.

- Вы просто не знаете, что значит наблюдать как собственный брат борется не на жизнь, а на смерть, - сказала Зельга, мягко дотронувшись до плеча Улита.

- Я попробую представить, - сказал Маркен, - 750 миллиардов на победу Джо.

Экран вспыхнул и погас.

- Видишь, теперь и я буду бояться за его жизнь больше, чем за свою собственную.

В это время Джо проезжал через ворота, которые тянулись высоко вверх до самого космоса.

- Город луров, - сказал Притмут, - сейчас начнутся препятствия.

И словно из-под земли возник город, какого Джо никогда не видел прежде. Здания переплетались друг с другом, создавая узоры и хитросплетения, а перешейки и дороги серпантином закручивались в спирали. Водяные бассейны возникали перед ним зависшие в воздухе, а призрачные пешеходы и животные то и дело появлялись на его пути.

- 837 на 65, 522 на 356, 437 на 280, - диктовал Притмут.

И Джо со скоростью пули проносился сквозь город, увиливая от препятствий.

- Мардо Китон у тебя на хвосте, - сказал тренер, - Вут Хангер отстает всего на милю, - Марва Танто в первой пятерке.

В этот момент машина Мардо подрезала Джо и тот затормозил так, что Ящер перевернулся в воздухе три раза и снова выехал на трассу.

- Чего ты испугался? – спросил тренер, - он тебе даже не главный соперник.

В этот момент Вут Хангер с силой ударил Ящера в бок, но Джо резко повернул и сбил его машину с пути. Хангер влетел в окно здания и остался позади.

- Вот это уже лучше!

Прошло несколько минут и пейзаж стал меняться. Вокруг выросли скалы, с вершин которых прямо по воздуху плыла и разливалась лава.

- Долины Лавы планеты Чур, - сказал Притмут, - тут главное не только внимание.

- А что еще? – спросил Джо.

Когда внезапно на капот его машины прыгнул зверь. Он был покрыт толстой черной кожей, которую не смогла бы разъесть даже лава, красные горящие глаза вылезали из орбит, а зубастый рот выдыхал облака дыма. Джо закричал, наклоняя машину и пытаясь стряхнуть его.

- Стифы, - пояснил Притмут, - у них очень цепкие лапы. Не отстанут, даже если выйдем в штопор.

Зверь двинулся к кабине машины.

- А чем эти твари питаются? – спросил Джо, объезжая потоки лавы.

- Догадайся!

Стиф открыл пасть с пятью рядами острых зубов и заверещал так, что Джо скривился. Монстр со всей силы ударил в левое боковое окно, а затем еще раз и еще, пока не появилась трещина.

С левой стороны Ящера внезапно что-то ударило. Джо повернулся это была машина Марвы Танто. На ней тоже висел стиф. Джо повернул, прибавил скорости и ударил по машине Танто левой стороной. Его стиф почти слетел, но удержался.

Марва последовала его примеру и ударила его машину той стороной, на которой висел её стиф. Они оба поняли, что это работает и закружились в воздухе поочередно ударяя друг друга.

- Неплохо спелись, - сказал Притмут.

Но когда её стиф слетел Марва вырвалась вперед. Но Джо не так повезло. Его стиф вскарабкался обратно и снова принялся бить боковое стекло.

- Тебе придется открыть окно, - сказал Притмут, - иначе он разобьет стекло.

Джо улучил момент, резко открыл стекло и одной рукой схватил зверя за шею. Монстр заорал, пытаясь вывернуться и укусить гонщика, но Джо ударил его в нос. Животное вывернулось и царапнуло руку гонщика, оставив глубокий порез. Другой рукой держась за руль, гонщик объехал очередной поток лавы и со всей силы толкнул монстра в него. Животное осталось позади.

- Впереди долина ураганов планеты Урак, - сказал Пртимут.

Джо присмотрелся. Он ехал по пустынной местности, а перед ним вдалеке возвышались огромные колонны, тянущиеся до неба.

- Торнадо? – воскликнул Джо.

- Не просто торнадо. Они обладают сознанием и поглощают всё на своем пути.

Ящер несся по направлению к ним, а по его капоту забарабанили крупные ядра града. Они были настолько большими, что оставляли вмятины на поверхности машины. А впереди ужасающие громадные колонны неслись прямо на него. В них на огромной скорости крутились разного рода предметы, превратившиеся в щепки и мусор.

- Сконцентрируйся! – рявкнул Притмут, - Маневр 3854, 700, 328, 834 на 309, 624 на 549.

Нечто с силой потянуло Ящера и тот, жалобно скрипнув, понесся по кругу.

- Он зацепил тебя! – крикнул тренер.

Он продолжал диктовать установки, а Джо перед глазами которого были лишь ливни дождя, струящиеся по лобовому стеклу, не мог разобрать ничего.

- Если второй подойдет, пока ты не вырвешься, тебе крышка!

И из водяного месива перед ним выросла вторая, а затем третья колонна торнадо. Они неслись прямо на Ящера, который пытался вырваться из вихря первого.

- Влево на 355! Влево я сказал! 495 на 487! 984 на 385! 34 на 937!

Джо никогда не слышал, чтобы голос Притмута звучал настолько взволнованно.

Но в какой-то момент три торнадо окружили Ящера и почти сбились вместе. Их воронки стали закручивать друг друга, и их хватка над Ящером ослабла.

Машина выбилась вперед и Джо на всей скорости понесся прочь.

- Это было что-то, – воскликнул он, слушая как Притмут нервно выдыхает специи и скривился, чувствуя, как что-то больно колет его в бок, там, где была рана.

- Что с тобой? – спросил тренер.

- Ничего, - стараясь звучать беззаботно, ответил гонщик.

- Не ври мне, щенок! Это твоя рана.

В ответ Джо включил музыку.

- Вы знали, что здесь есть и такая опция, тренер? - спросил он, пританцовывая.

Он двигался вперед, увиливая от торнадо и долина ураганов мало по малу оставалась позади.

И вот когда он только смог вздохнуть спокойно, перед ним впереди выросла стена воды. Она тянулась по всему периметру горизонта и возвышалась бесконечно вверх так, что не видно было края.

- Подводный мир Арии, - сказал Притмут.

- Нои!

- Да, Джо?

- Как там с подводным плаваньем?

- Настроено по полной программе. Главное, не открывай окна.

Ящер на всей скорости влетел в толщу воды и мир вокруг погрузился в тишину. Водоросли, кораллы и неизвестные Джо подводные растения оплетали всё вокруг. Мимо них сновали рыбы и подводные животные, каких и представить было бы сложно. Глаза гонщика разбегались, и он почувствовал себя как ребенок, который впервые в жизни увидел аквариум.

На Золотой Трибуне гости бурно обсуждали виды гонок.

- А мне кажется лагрийцы постарались, - сказал Барвер, - раньше ведь гонки не были такими сценичными, а теперь мы будто погружаемся в миры других планет.

- Согласна, - ответила Зельга, - свое дело они знают. Корпорация «Играй как Боги» уже давно занимает главное место на космическом туристическом рынке.

- Ума не приложу, где они берут такие технологии, - сказал Маркен, пытаясь поймать голограммическую рыбу, проплывавшую мимо него.

- Не забывайте, что своими технологиями они легко лишают жизни, любого, кто стоит на их пути! – возмущенно произнес Нуан.

- Почему же тогда они уже не захватили власть на Орионом? – возразил Барвер, - возможно, Лагра не так плоха, как вам кажется.

- Давайте не будем начинать этот спор снова, - сказала Зельга, - договоры подписаны и нам остается только наблюдать за происходящим. Правда, Улит? Сегодня ты молчалив как никогда.

- С помощью Лагры или нет, сегодня я отправил брата на верную смерть.

- Такова черта и удел всех шифтеров.

- Я не шифтер!

Улит снял очки и рухнул на диван. Зельга налила ему напиток, и он выпил его залпом.

В подводном мире Джо двигался вперед сквозь толщу воды, мысленно готовясь к тому, что ждало его впереди.

- Слева стая штих, - сказал Притмут.

Джо увидел несколько акул со щупальцами как у осьминогов. Увидев его, они понеслись вслед за машиной. Джо въехал в узкий перешеек и чуть не налетел на еще одно гоночное авто, которое преградило ему выход. Машина развернулась. Это был Бинни, а рядом с ним откуда ни возьмись возник Хэрви.

- Давно не виделись, Джо, - услышал он в наушниках.

Джо ударил по боку авто Бинни энергетической волной. Машина повернулась, давая ему проход. Однако в этот момент штиха плывшая сзади оплела машину Джо щупальцами и потащила на глубину.

То же самое случилось и с машиной Хэрви. Их обоих просто волокло вниз. Естественно, Бинни не оставил брата. Он последовал за ними, то и дело наезжая на щупальца штих. Постепенно её хватка ослабла и Хэрви вырвался вперед.

- Поворачивай руль и крутись вокруг своей оси, – потребовал Притмут.

Джо так и сделал и вырвался из хватки акулы. Ящер понесся вперед и вскоре догнал братьев.

- Ты хочешь снова поиграть, Джо? – спросил Хэрви, - тогда как тебе это?

Братья стали таранить Ящера с обоих сторон, то и дело смещая его в сторону и загоняя в заросли водорослей. Джо повернул голову налево. Трещина на окне, сделанная стифом, разрасталась.

- Кажется у нас проблемы, тренер, - сказал он.

- Двигайся быстрее и, возможно, мы успеем вырваться до того, как стекло лопнет, - сказал слизень.

Но внезапно водоросли закончились и все три машины резко остановились. Перед ними было водяное чудовище со множеством рук. Оно хватало всё, до чего дотягивалось и пихало в рот. Но самое ужасное было то, что оно занимало собой всё пространство и объехать её было невозможно.

Бинни и Хэрви полетели вперед, но чудище потянулось за ними, и они отпрянули назад. Джо сделал то же самое, но и ему проскочить мимо не удалось.

- Не выходит, тренер!

- Да..., - протянул Притмут, - машина мимо него не проскочит.

- Тогда как?

- Вплавь.

- Но ведь поверхности не видно!

- Ты должен проехать так далеко, как только сможешь, а потом Нои заберет машину.

Джо собрался с силами и на всей скорости двинулся прямо на чудище. Он несколько раз увернулся от её хватких рук и добрался до самого рта, когда Ящера с силой потянуло в сторону.

- Нои, забирай! – крикнул Джо и вдохнул полной грудью.

В следующее мгновение он оказался в воде без машины и поплыл к голове чудовища туда, где виднелся крошечный просвет.

- Давай, греби быстрее, пока оно не заметило тебя! – кричал Притмут.

Но Джо даже ответить не мог. Он добрался до самой головы чудища и проскользнул ему за спину. Там открывался новый вид на подводный мир.

Джо двигался так быстро, как только мог и вскоре оставил монстра позади. На глубине в луче света, он увидел, уже стоял Ящер.

- Ты должен поймать один из пузырей воздуха, - сказал тренер.

Неподалеку Джо увидел выплывающие из подводного кратера пузыри.

- Только быстрее, пока русалки Муарьи тебя не заметили.

Джо оглянулся. На глубине то и дело мелькали толстые рыбьи хвосты. Воздух в его легких заканчивался, и он вот-вот готов был вдохнуть воду. Притаившись за зарослями водорослей, он дождался момента, когда рядом с кратером никого не было и схватил один из пузырей.

- А теперь к машине, быстро! – скомандовал Притмут.

Джо поплыл так быстро, как только мог. Он потянул пузырь, зацепил его за капот, протянул к багажнику и вскоре оказался внутри, а затем судорожно вдохнул воздух.

- Нет времени на отдых, - крикнул Притмут, - открывай дверь Ящера и вперед!

Джо задыхался, но так и сделал, но только он хотел включить рычаги движения, как замер в оцепенении.

Перед ним, выплыв из толщи воды, появились человекоподобные существа. Но они не внушали страха. Их лица были спокойными и настолько прекрасными, что время для Джо, казалось, в этот момент остановилось.

- Не смотри им в глаза! – рявкнул тренер, - заводи моторы на полную!

Но Джо просто смотрел им в глаза. Они были бесконечны и бездонны как звездное небо.

- Маерс! – кричал Притмут, - очнись!

Но Джо не двигался. Русалки приблизились к Ящеру и дотронулись до лобового стекла.

В этот момент нечто спугнуло их, и они разлетелись в стороны. Джо очнулся.

- Езжай вперед, Джо, я их задержу! – услышал он.

-Хэльга?! Я думал мы больше не помогаем друг другу.

- Я тоже так думала, - сказал девушка, - но поняла, что хочу твоей победы больше, чем своей собственной!

Луч пронесся мимо, а за ним понеслись и русалки. Только теперь их лица были искажены злостью, а рты скривились, обнажая кривые гнилые зубы.

Джо помчался вперед. Он хотел помочь Хэльге, но она исчезла из виду.

- Вперед! – кричал Притмут, - сейчас не время для твоей сентиментальности.

Гонщик понесся вперед и вскоре выехал из толщи воды.

- Хэльга, ты в порядке?

- Да, я уже выбралась на поверхность.

Ящер вынырнул из воды и понесся по свежему воздуху среди железных скал.

- Где мы? – спросил Джо.

- Железная долина с планеты К815N6 из округа Х2.

- И чем она опасна?

Но ответа не потребовалось. Прямо навстречу Ящеру неслись летающие драконы-киборги. Их панцири были покрыты железом, сквозь которое проступали обрывки кожаного покрытия, а огромные рты, то и дело открывались, чтобы выдохнуть столпы огня.

Машина закрутилась, увиливая от столпов огня и железных тел, которые старались ударить по Ящеру хвостом и проломить насквозь или же опалить смертельным дыханием. Но Джо и Пртимут были проворнее.

Маркен радостно захлопал в ладоши.

- Округ Х2! Вот это наши ребята!

- Кажется, все трое финалистов застряли там, - Нуан тоже был в восторге.

- Марва и Хангер лидируют, - сказала Зельга, - Посмотрите, как они пытаются столкнуть друг друга в железную пасть драконов.

- Сейчас они увидят Джо и начнется настоящая гонка.

Так оно и случилось. Джо быстро догнал их и вот уже три машины закрутились, пытаясь подставить одна другую.

- Жалко Бинни и Хэрви отстали, - сказал Барвер разочарованно, - я сделал на них хорошие ставки еще до начала первого тура.

Улит же повернулся в ту сторону, где сидели спонсоры. Лирт Джус был бледен как мел и шепотом обсуждал что-то с Родом Хангером.

Джо увивал от зубастых пастей драконов, когда один из них поймал Ящера в когтистую лапу, а второй ухватил машину Марвы. Оба гонщика отправили машины в мастерскую и стали падать вниз.

Две гоночные снова появились и зависли в воздухе одновременно. Не успел Джо сориентироваться, как Марва с яростным криком запрыгнула на спину Ящеру и со всей силы толкнула Джо. Он поскользнулся и упал, но ухватился за край. На мгновение она потеряла равновесие, а он запрыгнул обратно. Они начали яростно бороться, толкая друг друга, когда навстречу к ним понесся железный дракон. Оба прыгнули в кабины своих машин и продолжили гонку.

- Хангер вырвался вперед, - недовольно произнес Притмут.

- Но тренер, она чуть не столкнула меня в пропасть, - оправдывался Джо, несясь мимо драконов.

- Девчонка тебе не помеха, но Хангер знает свое дело.

Пейзаж поменялся, и Ящер внезапно рухнул на землю. Джо лихорадочно стал переключать рычаги.

- Кажется функция полета отказала.

- Да, - ответил Притмут, - но дело не в Ящере. Такова трасса. Заводи моторы и вперед!

Джо поехал по земле. После трех туров полета это казалось ему даже непривычным, но он вспомнил гуртовские гонки, где всегда чувствовал себя как рыба в воде. Ящер затрещал, двигаясь по жесткому грунту.

- Леса Мурны, - констатировал Притмут, когда из-под земли стали со скоростью вырастать диковинные деревья и растения.

Они возникали на пути гонщика так быстро, что он еле успевал от них уворачиваться. Джо проворно объезжал препятствия, когда к его удивлению, справа он увидел Вута сидящим на земле под деревом.

- Привет, - помахал ему Джо.

- Отлично, - произнес Притмут, выдыхая пар со специями, - его машина в мастерской.

Джо засмеялся, тряся кудрями, когда земля задрожала и начала разъезжаться в стороны. Притмут диктовал настройки с такой скоростью, что Джо еле успевал за ним. Но в какой-то момент под колесами Ящера не оставалось земли и Джо повернул машину на бок, проезжая по узкому перешейку.

- Мост! – закричал Притмут.

Джо выехал на мост и выдохнул с облегчением.

- Да, я тоже обрадовался.

- Мост обваливается! – продолжал орать Притмут.

Джо посмотрел на экран и понесся вперед со скоростью молнии. Мост позади него, казалось, исчезал быстрее, чем он ехал, но он успел и выехал на дорогу.

- Тренер Притмут, - взмолился Джо, учащенно дыша, - могу я остановиться и отдохнуть хотя бы минутку?

Он чувствовал себя вымотанным и уставшим как никогда. Боль в боку тупо колола его настолько, что он еле терпел, а порезанная рука кровоточила.

- Нет, - рявкнул тренер, - почему ты никогда не можешь взять себя в руки, Маерс?

Джо снова завел моторы и двинулся вперед. Пейзаж вокруг поменялся. Ящер вновь поднялся в воздух и полетел как луч света.

Золотая Трибуна оживленно обсуждала игроков, их промахи и победы.

- Кажется, Джо устал, но он лидирует - сказала Зельга, - а Хангер до сих пор ждет свою машину.

- Внимание! – раздался голос координатора Тьюи.

- Сейчас начнется самое интересное, - потирая руки сказал Барвер.

Сердце Улита дрогнуло, и он повернулся к столу спонсоров, откуда и говорил координатор.

- Все вы знаете, что гонки организованы нашими дорогими спонсорами, среди которых двое самых значительных это Род Хангер и Лир Джус.

Двое пришельцев помахали всем присутствующим руками.

- По договору с Межзвездным комитетом, как пробное мероприятие, корпорация «Играй как боги» предоставляет спонсорам возможность поучаствовать в гонках наравне с участниками. И они выбрали именно следующий сегмент трассы.

Тьюи открыл коробочку и протянул им. Род и Лир достали каждый по пластинке и приклеили себе на запястье.

Все присутствующие повернули лица к экранам.

Джо несся вперед, а ему навстречу из тумана двинулись великаны.

- Что это? – спросил Джо, разглядев только кусочек ступни, которая поднялась и чуть ли не прихлопнула его на месте.

- Поздравляю, - холодно сказал Притмут, - против тебя играют спонсоры.

И он начал диктовать настройки. Великаны обгоняли машину и пытались поймать её огромными руками. Но Джо и Притмут оказывались проворнее. В какой-то момент один из великанов с силой ударил Джо так, что Ящер отлетел в сторону, но гонщик сориентировался и, перекрутившись несколько раз в воздухе понесся вперед еще быстрее.

Зал Золотой Трибуны наблюдал, как Род и Лир крутились вокруг своей оси и поворачивались, не в силах поймать Джо. Однако эта борьба изматывала гонщика, и все видели, что он слабеет.

- Разве это справедливо? – воскликнул Улит.

- Почему нет? – пожал плечами Барвер.

- У них ведь сыновья в гонках!

- Вселенная в принципе несправедлива, - задумчиво сказал Нуан.

- Но Джо и Притмут справляются на ура, - попытался подбодрить его Маркен.

Его глаза горели и было видно, что он и сам был бы не против поучаствовать.

Род и Лир скооперировались и преградили Джо дорогу, но гонщик увернулся от их рук и на всей скорости влетел в щеку одному из них. Великан наклонился и поймал Джо.

Но в этот момент Улит набросился на спонсоров и сбил Рода с ног. Джо проскочил мимо и понесся вперед так быстро, что они уже не смогли бы его догнать.

- Что это значит?! – взревел Род, срывая с запястья наклейку.

- Только то, что я уравнял шансы, - заорал в ответ Улит.

Но его уже оттаскивали от спонсоров.

Зельга, Нуан и Маркен хохотали и громко хлопали в ладоши.

- Вот это наш герой!

Барвер же нахмурился.

- Разве это по правилам?

Но его никто не слушал.

Ящер летел вперед, оставляя Великанов позади. Пейзаж снова поменялся. Теперь Джо летел над тонким розовым ручейком среди высоких гор.

- Что теперь? – устало спросил гонщик.

Все мышцы его тела ныли от напряжения.

- Стрелки планеты Зур, - ответил Притмут, - здесь тебе понадобиться вся твоя реакция и скорость.

Но Джо подумал, что их у него уже почти не осталось.

В следующее мгновение стрела вонзилась прямо в железное покрытие капота Ящера. А вдалеке Джо увидел группу высоких худых существ с луками. Все они целились в Ящера и не успел молодой человек и глазом моргнуть, как череда стрел полетела прямо на него.

Притмут диктовал настройки, но и он не мог уловить все движения возникающих то и дело ниоткуда стрелков. Они прятались среди растительности и бежали за машиной так быстро, что Джо едва мог их обогнать.

Ящер носился по воздуху кривыми непредсказуемыми движениями, но даже несмотря на это стрелы продолжали вонзаться в его поверхность. Одна из них разбила боковое стекло, а вторая пронеслась сквозь него и едва не угодила Джо в голову, но он успел нагнуться.

- Еще немного — десять миль, - сказал Притмут.

Но Джо казалось, что либо он, либо Ящер вот-вот рухнут на землю.

- Пять миль.

И Ящер со свистом пролетел в штопоре сверху вниз, едва не влетев в ручей, но тут же затормозил и быстрее луча света полетел зигзагами вверх.

Внезапно резкая боль пронзила плечо гонщика, а тугая стрела уперлась в потолок Ящера.

- Они попали в меня, тренер! – закричал Джо.

- Не сбавляй скорости, Маерс, осталось две мили!

Ящер понесся вперед и уже через несколько минут пейзаж поменялся, а стрелки остались позади.

- Садись на землю и пусть Нои починит стекло.

Джо приземлился в пустынной глухой местности, достал аптечку и еле вылез из машины. Бок пронзала тупая ноющая боль, плечо кровоточило и горело огнем, а в висках стучало.

- Ты должен поломать стрелу и вынуть, - сказал тренер, - а затем приложить пластырь, который перекроет кровотечение.

Руки гонщика дрожали. Он встал на колени, закричал и сломал стрелу. Боль усилилась во множество раз.

- Я не могу, - сказал он, - я не смогу двигаться дальше.

- Сможешь, Маерс, потому что это говорю тебе я.

Джо схватился за край стрелы.

- Вытягивай!

Джо закричал и со всей силы потянул её. Кровь хлынула из раны ручьем.

- Теперь пластырь.

Перед глазами у гонщика всё плыло. Но он достал силиконовую пластинку, а когда приложил её к коже, она сама нашла то место, где была рана и затянула её, остановив кровь.

- Теперь противоядие.

- В стелах яд? – не мог поверить Джо.

Джо выворачивало наизнанку. У него начинались галлюцинации.

- Достань из аптечки синюю баночку, - спокойно сказал тренер.

Гонщик достал пять баночек. Они все выглядели синими.

- Третья слева, - сказал Притмут.

Джо выпил её залпом и лег на землю. Его пробрал ужасный озноб и тело затряслось от пронзающего насквозь холода.

- Я не могу, тренер, - сказал он, - я сдаюсь.

Притмут молчал несколько мгновений, но затем сказал:

- Знаешь почему я согласился тебе помогать? Не из-за воды или планеты… не поэтому. Я увидел в тебе победителя, Джо.

- Да бросьте, - процедил сквозь стучащие зубы гонщик, - вы говорите это специально.

- Ты победитель, Джо, у тебя это на зрачках написано. Я с планеты Манзур. У нас свои особенности. Когда я смотрю в глаза, я вижу… я считывал показатели тысяч гонщиков и знаю такие вещи.

- Правда? – недоверчиво спросил Джо.

- Разве ты не слышал поговорку «Притмут выбирает только победителей». А знаешь почему? Потому что они прогибают под себя реальность. У них собственная гравитация, как у звезд и планет. И я родился с этим уникальным чутьем… чутьем на победителей.

- Это правда? - шмыгая носом спросил Джо.

- Да, еще до старта в первом туре я знал, что ты придешь первым, - спокойно сказал Притмут, выдыхая специи - мне незачем тебе врать.

Джо приподнялся.

- Тогда я вызываю Нои.

- Давай, сынок, мы же не хотим испортить планы самой вселенной.

Ящер появился и Джо пополз к нему. Галлюцинации прошли, но голова шла кругом. Молодой человек залез в кабину и пристегнулся. Боль была невыносимой. Но он натянул очки и включил двигатели.

- 734 на 156, 923 на 238.

Ящер снова был в воздухе.

- Что дальше? – слабо спросил Джо.

- Не знаю, - ответил Притмут, - здесь непредсказуемый сегмент трассы. Двигайся вперед и говори мне, что видишь.

Внезапно Джо закричал так громко как только мог и свернул резко влево, а затем направо.

- Что там? – спросил Притмут.

- Седьмая Звезда! Кажется мне навстречу летят мертвецы!

- Ясно, это тоннель страхов.

Перед Джо возникали существа, коих и вообразить было сложно. От одного их вида его тело обдавало волной леденящего холода, а руки дрожали сильнее, чем от яда стрелков планеты Зур. Но Джо преодолевал препятствия одно за другим и вскоре выехал на новую полосу.

- Финиш уже близко, но Хангер у тебя на хвосте, Джо, - сказал Притмут.

Вскоре повсюду вокруг стали закручиваться облака мрака. Их узор был сложнее и масштабнее, чем в первых двух гонках, а препятствия возникали еще более неожиданно. Позади мелькнуло голубое авто Вута.

- Как дела, Джо? – спросил он насмешливым тоном.

Но гонщик молчал.

- Наверное, уже планируешь, как будешь праздновать победу?

- Не твое дело, Хангер.

- Почему? Я буду только рад, если ты победишь. Только ни для кого не секрет, что ты планируешь сбежать вместе с Элирой Брайт.

Рука Джо дрогнула, и он чуть не влетел в черное облако.

- Прекрасные мечты… Не хочу тебя разочаровывать, но только потому, что мы друзья, открою тебе один маленький секрет.

Джо молчал.

- Элира Брайт робот. Она сконструирована, чтобы помогать гонщикам в их трудные минуты. Ты не знал этого? Хм. Мой отец спонсор и ему всё это известно.

- Это неправда! – выдавил сквозь боль Джо.

- Чего ты ожидал от Х2? Отец потерял её, когда ей было 10. Он сконструировал новую версию её из металла и обновляет её каждый год по мере взросления. Но она не настоящая. Она лишь робот с программой вместо мозга. Хах, да ты совсем новичок. Давай, будем честными. Будь она настоящей, она бы никогда не выбрала тебя!

- Джо! – раздался настойчивый голос тренера, - что бы он тебе не говорил, не слушай!

- Я и не слушаю тренер.

Джо бросило в жар и пот градом катился по его лицу. Перед глазами всё было не в фокусе, но он удерживал руль.

Вут с силой ударил Ящера так, что тот повернулся на 360 градусов и отстал, едва не влетев в облако мрака.

- 584 на 274, 495 на 234, маневр 2678! – кричал Притмут.

Машины снова поравнялись и заскрипели, протирая боковую обивку друг друга.

- Ты должен вывести его из игры, – сказал Притмут настойчиво, - другого варианта нет.

Но как бы зол Джо ни был, он не хотел сталкивать своего противника в облако мрака.

Машины крутились в воздухе и ударяли друг друга, пока в какой-то момент Вут не обогнал его снова. Однако, он налетел на препятствие и его машина, резко затормозила. Ящер врезался в неё на всей скорости и его капот сжался. Обе машины полетели вниз.

Джо еле удержал управление, не дав им обоим влететь в облако мрака. В последний момент он оттолкнул их, и они полетели вниз. Машина Хангера перекатилась через него и упала. Джо почувствовал удар и боль, которая казалась нестерпимой.

Он лежал без сознания, когда настойчивый крик тренера вернул его обратно. Ящера рядом не было.

- Вставай, Маерс! Позади тебя еще двое гонщиков.

Неподалеку Джо увидел разбитое авто и Вута, лежащего без сознания. А над ними – облако мрака.

- Починить Ящера не удастся, Джо. Это займет слишком много времени, - тараторил Нои нервно, - тормоза полностью отказали.

- Тормоза отказали? – повторил Джо, пытаясь сфокусироваться, — значит, ехать я могу?

Ящер снова появился перед ним.

- Вставай, Джо! Мы пойдем на второе место, - сказал Притмут.

- Нет, - покачал головой гонщик, залезая в кабину, - мы пойдем на первое.

- Это невозможно, тормоза отказали!

- Я знаю.

Джо натянул на себя гоночные очки и завел турбины. Ящер поднялся в воздух и поплыл вперед.

- Брось, Маерс, не разгоняйся, тебе нужно всего лишь пересечь первый барьер до того, как это сделает Марва Танто!

Но Джо завел двигатели на полную.

- Что ты делаешь, Маерс? – рявкнул Притмут.

- Вы же сами сказали, что я победитель, - ответил Джо, - у меня это на зрачках написано.

- Джо, это всё чушь! Всё, что я сказал, я выдумал, чтобы тебя поддержать!

- У вас это получилось тренер.

Ящер несся вперед, объезжая облака мрака.

- Послушай, Джо, второе место это то, что тебе надо! Заберешь выигрыш и уедешь с девчонкой Брайт на идеальную планету!

- Вут сказал, что она всего лишь робот, - ответил Джо, прибавляя скорости.

- Это тоже чушь, Джо, я был на свадьбе их родителей. Отпусти рычаги движения!

- Ага.

- Я говорю тебе правду, Джо!

- Это не имеет значения, тренер. Мы все знаем, что я здесь за первым местом.

Он въехал в белую светящуюся стену света, а за ней выросла стена мрака.

- Ты пересек первый барьер, - растерянно сказал Тренер.

Прямо за ним неслась Марва Танто.

- Отпустить рычаги движения сейчас - твой последний шанс, - сказал Притмут растерянно.

- Спасибо, тренер. Правда, спасибо, что выбрали меня, - теряя сознание сказал Джо.

В этот момент ему показалось, что в машине кто-то есть. Джо повернул голову. Это был его отец. Он покачал головой и сказал:

- Быть вторым не так уж плохо, Джо. Делать то, что лучше для тебя, а не для других, тоже.

- Нет, - ответил гонщик, - я должен… должен прийти первым!

Отец улыбнулся и дотронулся до его плеча.

- Тогда не бойся. Не бойся ничего и лети к своей цели.

Он исчез и Джо снова остался один. Он переключился на канал Нои.

- Нои, я еду прямо во мрак.

- Нои знает, - всхлипывая ответил пришелец.

- Из моего выигрыша отдай Айку мои долги. Отдай ему в миллион раз больше!

- Конечно, Джо, все что скажешь.

- И Нои, у меня к тебе еще один вопрос. Почему ты застрял на Мельгере? С твоими способностями это странно.

- Нои ответит тебе, когда ты вернешься.

- Мы оба знаем, что я не вернусь, Нои.

Механик молчал несколько мгновений, но затем ответил:

- Ты вернешься, Джо, потому что ты шифтер. Некоторые употребляют это слово необдуманно, но Нои прожил больше тысячи лет и он знает, что ждет Орион. Он знал это с первого момента, как увидел Джо. Ты шифтер, Джо, а они всегда находят свой путь.

В этот момент звук отключился.

- Нои, - позвал Джо.

Но его не было слышно.

- Тренер?

Но и тот молчал.

На огромной скорости Джо пересек второй барьер и двигался вперед в темноту.

«Там, где горизонта нет и не видно дна …светит ясно и ярко Седьмая Звезда» - стал напевать он. «Почему же она все-таки Седьмая?» - думал он, - «Кто может посчитать звезды?» И это была последняя его мысль до того, как он погрузился в бесконечную темноту.

Улит долго смотрел на экраны, не веря в то, что видит.

- Гонщик Джо Ди Маерс с планеты Мельгера на самой периферии Ориона побил все рекорды и пришел первым в 757-м заезде Межзвездных Мега Гонок. Кроме того он первый из «счастливчиков», которому это удалось! Его победа является гарантом всех благ Ориона для его планеты и не только, - говорил диктор, - печальным остается лишь то, что он въехал в стену мрака и больше мы его не увидим!

Весь Зал Золотой Трибуны хлопал, повернувшись к Улиту. Они подходили, пожимали ему руки. Некоторые сочувственно смотрели в глаза, другие смеряли холодным взглядом. А он просто стоял в оцепенении.

- Следом за Маерсом, второй прибыла Марва Танто, за ней Мардо Китон, Хэльга Лутто, Братья Джус…

- Поздравляю, - Маркен похлопал Улита по плечу, - мы все почти точно знали, кто из вас двоих шифтер.

- Но это не я, - растерянно покачал головой Улит.

Дрожащими руками он снял очки и дотронулся до своего лица.

- Шифтеры всё положат под ноги своим целям. Даже собственного брата, - прошептал Барвер.

- Как бы там ни было, тебе предложена новая позиция – «глава комитета работы с планетами на периферии». Что скажешь? – спросила Зельга, - такие люди как ты нам понадобятся!

Но Улит до сих пор не мог осознать, что потерял брата.

- Я даже не попрощался с ним как следует, - прошептал он.

- Джо! Джо! Джо! Ди! Ди! Ди! Мааааааерс! – скандировали толпы по всей вселенной и опять, и снова, - Джо! Джо! Джо! Ди! Ди! Ди! Мааааааерс!

Улит стоял и продолжал растерянно смотреть на экраны, не в силах сдвинуться с места. До этого он никогда не представлял своей жизни без брата. И теперь, когда этот момент наступил, всё остальное казалось таким неважным.

Мимо него проходили неизвестные ему пришельцы. Они то поздравляли его, то выражали сочувствие. Но он не слышал ничего.

Улит очнулся только тогда, когда к нему подошли Род Хангер и Лир Джус.

- Не можешь решить праздновать тебе или плакать? – злобно процедил Род, - Думаешь вы с братом сделали такое доброе благородное дело? Ты хоть знаешь, сколько планет периферии теперь потребуют вхождения в Орион?

- Начнется война. Великая Вселенская Война, - Лир похлопал Улита по плечу, - и мы все знаем чья это будет заслуга.

Они смерили его презрительным взглядом и ушли.

В голове у Улита начался хаос. Он не думал об этом. Он верил в победу брата с самого начала. Но теперь, когда эта победа стала реальностью, он будто очутился в новом мире с другими новыми правилами и там, без Джо, он был таким беспомощным.

Улит отвернулся и двинулся прочь, а затем шагнул в открывшийся перед ним портал.

Он оказался в городке гонщиков, где празднование шло полным ходом. Фото и видео Джо были везде, а толпы скандировали его имя.

- Улит Ди Маерс, - услышал он за своей спиной.

Он повернулся. Перед ним стояла Элира Брайт. Она мягко улыбнулась.

- Вы опоздаете на церемонию награждения.

- Я… я не пойду, - сказал Улит.

- Жаль, - сказала Элира, - он так хорошо боролся… ваш брат, - Выигрыш будет переведен на ваш счет. Возьмите это…

Она протянула ему медаль чемпиона. Улит протянул руку и взял её. Внезапно глаза Элиры стали стеклянными, ресницы бесконтрольно захлопали без остановки, а голова сделала неестественный поворот. Однако это прекратилось, и девушка снова мягко улыбнулась.

- Вы опоздаете на церемонию награждения, - повторила она.

- Я не пойду, - повторил Улит.

- Жаль, - снова повторила Элира, - он так хорошо боролся… ваш брат, - Выигрыш будет переведен на ваш счет. Возьмите это…

Она опять протянула ему руку, но осознав, что медали в ней не было, девушка снова мягко улыбнулась и ушла.

Улит смотрел ей вслед, затем на медаль, а вокруг него парили дроны. Он двинулся прочь стараясь от них скрыться.
-Сюда, - услышал он еще один женский голос.

Неподалеку стояла Хэльга Лутто. Улит узнал её, но и представить не мог, почему она хотела с ним поговорить. Она указывала на вход в маленькое кафе.

- Хэльга? Хэльга Лутто? – неуверенно спросил Улит, зайдя внутрь.

- Мне так жаль…, - сказала она.

- Спасибо, что помогла ему там под водой.

- Это уже неважно.

- Действительно, - согласился Улит, - теперь как будто всё потеряло значение.

- Нет, - покачала головой девушка, - это не так! Я много читала про Лагру и про мрак. Никто точно не знает, что происходит с теми, кто туда попадает, но ведь нет доказательств, что они умирают!

- Никто оттуда не возвращался, - вздохнул Улит.

- Мы это выясним. Мы найдем его! – твердо сказала Хэльга, - Мы не можем терять надежду. Я сделаю всё, чтобы вернуть Джо обратно!

Но в этот момент толпа наполнила кафе. Они кричали, окружив Улита и Хельгу, делали фотографии и задавали вопросы.

Девушка встала, помедлила несколько мгновений, а затем направилась к выходу.

Улит долго смотрел ей вслед и в его душе появилась надежда. Она была будто одиноким ярким огоньком среди одиночества вселенной, но этого было достаточно, чтобы пробудить в нем силы двигаться дальше.

Go, Joe! by Zinaida Kirko

TheHappyStoryGarden

Другие книги автора Зинаиды Кирко

Три Истории о Невероятных Приключениях
Мир Снов
Остров Драконов
W712
Приключение Джеки в Мире Букв

.

Все книги «The HappyStoryGarden" изданы на русском и английском языках, в печатном и цифровом варианте.
Спасибо, что вы с нами!

WELCOME TO
THE HAPPY STORY GARDEN

https://thehappystorygarden.co.uk

Copyright © 2023 Zinaida Kirko. All rights reserved.

No part of this book may be reproduced, stored in a retrieval system, or transmitted in any form or by any means—electronic, mechanical, photocopying, recording, or otherwise—without prior written permission from the author.

www.ingramcontent.com/pod-product-compliance
Lightning Source LLC
LaVergne TN
LVHW011941070526
838202LV00054B/4743